MEURTRES AU CHÂTEAU D'ANGERS

APOCALYPSE NOW !

Elie Durel

MEURTRES AU CHÂTEAU D'ANGERS

APOCALYPSE NOW !

LA GESTE

Indépendamment des personnages historiques, toute ressemblance par l'identité avec des personnes existantes ou ayant existé ne serait que fortuite dans cette fiction policière.

AVIS AU LECTEUR

Ce roman policier, « Meurtres au château d'Angers – Apocalypse now », est le quatrième d'une série en rapport avec l'histoire des châteaux de la Loire et d'illustres personnages qui leur sont associés. Elle débute par : « Meurtre au château de Saumur – Les mystères du Saumurois » suivi de « Meurtres au château d'Amboise – La malédiction de Léonard de Vinci » et de « Meurtres au château d'Azay-le-Rideau – Jeux de rôle mortels ».

Hormis les protagonistes récurrents, il s'agit à chaque fois d'une nouvelle fiction criminelle contemporaine que le lecteur n'est pas obligé de lire dans l'ordre chronologique de la série.

PRÉAMBULE

Dans la série « Meurtres au château de… », nous retrouvons le couple, Florence et Olivier Bertholet. Ils ont deux filles, Laura et Jade. Laura vit aux États-Unis où elle tient, avec son mari Ludovic, le restaurant français « Orsay » à Jacksonville. Jade se passionne pour l'égyptologie, science pour laquelle elle a engagé des études à Paris Sorbonne.

Florence est docteure en histoire (histoire et archéologie des mondes anciens et médiévaux) et titulaire d'un master « histoire de l'art ». Conseillère auprès du ministre de la Culture, son amie parisienne Marina Krapsy est architecte, docteure en sociologie et titulaire d'un diplôme d'études approfondies en histoire de l'art.

*
**

En 2001, Florence et Olivier Bertholet habitaient au pied du château de Saumur où Florence était conservatrice et guide-conférencière. Olivier était électricien-éclairagiste, spécialiste d'effets spéciaux.

Ils ont été les témoins de l'effondrement partiel du rempart dont les éboulis ont en partie détruit l'habitation de leurs amis Claudine et François Lehoux, elle commerçante et lui pêcheur professionnel en Loire. Suite à cette catastrophe, les Bertholet ont été concernés par plusieurs faits divers funestes qu'ils ont contribué à éclaircir. Le roman policier « Meurtres au château de Saumur - Les mystères du Saumurois » les relate.

*
**

Depuis 2010, le couple Bertholet réside à Saint-Cyr-sur-Loire, près de Tours.

Devenu concepteur lumière et scénographe, Olivier Bertholet a créé la société « Sun Ligth ».

Florence Bertholet assure désormais des missions au pôle patrimoine, architecture et espaces protégés de la Direction régionale des affaires culturelles (DRAC) des Pays de Loire qui relève du ministère de la Culture. Ces compétences et son expérience lui ont valu d'être missionnée dans une opération d'ampleur internationale par son amie Marina Krapsy. Il s'agissait du « *Leonardo project* » dont le but était de répondre à de nombreuses questions relatives au génie de Léonard de Vinci. Les résultats des travaux des chercheurs devaient être annoncés à l'occasion du 500e anniversaire de la mort du maître florentin, en mai 2019. Il n'en fut rien, mais Florence et Olivier Bertholet se sont trouvés mêlés à ce qui est devenu « Meurtres au château d'Amboise – La malédiction de Léonard de Vinci ».

*
**

Présidente de l'association parisienne du théâtre « Les Planches qui brûlent », Marina Krapsy a eu l'idée de proposer aux élèves du cours d'improvisation d'effectuer une évocation de l'histoire du château d'Azay-le-Rideau et de ses illustres personnages en préliminaire au spectacle « Les nuits fantastiques d'Azay ».

Marina a demandé à son amie Florence d'écrire un synopsis sur l'histoire d'Azay-le-Rideau afin de réaliser le scénario d'un jeu de rôle qui sera interprété par les jeunes improvisateurs. Dans le contexte sulfureux des jeux de rôle, deux drames vont avoir lieu en lien avec l'un des personnages historiques évoqués qui fut pendu au sinistre gibet de Montfaucon situé non loin de la place du Colonel Fabien à Paris. « Meurtres au château d'Azay-le-Rideau – Jeux de rôle mortels » retrace cette tragédie contemporaine sur fond historique.

*
**

Cette fois, Marina Krapsy et son amie Florence Bertholet sont concernées par des affaires criminelles qui ont secoué la paisible cité angevine. Elles sont le sujet de « Meurtres au château d'Angers – Apocalypse now ».

En janvier 2009, un incendie a embrasé le Logis royal du château d'Angers surnommé le château de l'Apocalypse. Il aurait pu endommager ou détruire les précieuses tapisseries médiévales, dont la célèbre tenture de l'Apocalypse, qui s'y trouvent.

Fin 2018, Mademoiselle Imbert qui a été la professeure d'histoire de Florence Bertholet a été sauvagement assassinée à son domicile angevin.

En novembre 2019, Marthe Moreau, une ancienne lissière d'Aubusson experte en tapisseries médiévales, a été égorgée et décapitée à proximité du château.

Dans un premier temps, la police n'a pas fait le lien entre ces deux meurtres abominables et elle est dans l'impasse. Dans ce dernier cas, la piste du terrorisme islamique a d'emblée été envisagée en raison du mode opératoire.

Proche de ces deux victimes, un prêtre, l'abbé Joubert, s'est fait remarquer et a attiré les soupçons de la police en raison de ses prises de position singulière sur la tenture de l'Apocalypse et de ses prédications lors d'offices religieux. Défroqué par son évêque à la suite de dénonciations anonymes, il a constitué une communauté religieuse originale et s'est reconverti dans l'élevage de brebis. Il a baptisé son domaine « La Bergerie du Seigneur » que Florence Bertholet et son mari ont eu l'occasion de visiter dans le cadre d'un projet que l'ex-prêtre veut y créer : une scénographie en mapping vidéo des tapisseries de l'Apocalypse.

Plus récemment, un troisième meurtre et une tentative, sur des hommes cette fois, ont provoqué une véritable psychose. Toutefois, ces faits ont permis aux enquêteurs de disposer d'indices et de preuves médico-légales susceptibles de faire avancer l'enquête. La première victime a été crucifiée la tête en bas à la grille d'une ancienne poterne au pied du rempart du château et la seconde a subi une agression à l'arme blanche qui aurait pu se terminer par une décapitation si elle n'avait pas été en capacité de se défendre. Un lien a été établi avec le texte de l'Apocalypse de Jean illustré sur la tenture éponyme. En effet, ce texte de la Bible a été écrit en réaction aux martyres de Pierre et Paul, l'un ayant été crucifié la tête en bas, l'autre décapité.

LE CHÂTEAU DE L'APOCALYPSE

Au IXe siècle, Angers était sous la menace des Vikings, ces navigateurs et guerriers venus du Nord à bord de leurs drakkars. Commandés par leurs chefs, Ragnar Lodbrok et Bjorn Côte-de-Fer, ils remontaient fleuves et rivières afin de se livrer au pillage. Pour leur résister, le roi de France Charles le Chauve décida, en 851, d'installer un comte sur un promontoire qui domine la rivière Maine, à quelques kilomètres en amont de sa confluence avec la Loire. Ainsi naquit le château forteresse d'Angers

Les nobles représentants du roi de France qui s'y sont succédé ont progressivement pris leur indépendance. Ils ont fondé des dynasties puissantes qui dépassèrent le seul Anjou. L'un d'eux, Foulque V, devint même roi de Jérusalem.

Geoffroy V, comte d'Anjou et du Maine, fut à l'origine de la dynastie des « Plantagenêt ». Ce sobriquet évoquerait le brin de genêt dont Geoffroy V piquait son couvre-chef ou l'utilisation des branches de cette plante pour camoufler ses abris de chasse.

Les Plantagenêt furent les derniers des comtes d'Anjou. Avant tout princes angevins, Richard Cœur de Lion et Jean Sans Terre, les fils de la puissante Aliénor d'Aquitaine, la deux fois reines, de France puis d'Angleterre, régnaient alors sur un territoire s'étendant de l'Écosse aux Pyrénées françaises. Leur palais comtal d'Angers était l'un des plus fastueux de l'Ouest.

Cette puissance n'était pas pour plaire au roi de France Philippe Auguste. Les rois capétiens menèrent alors sièges et batailles pour récupérer les terres de l'Ouest aux Plantagenêt. Pour Angers, ce fut chose faite en 1206.

L'Anjou devenait ainsi la frontière du royaume de France avec la Bretagne indépendante. Une frontière qu'il fallait protéger.

La reine Blanche de Castille qui assurait la régence du royaume pour son fils Louis IX, futur Saint Louis, ordonna, dans les années 1230, l'édification d'une forteresse gigantesque, la plus puissante de la France d'alors. Le nouvel édifice engloba l'ancien palais comtal et quadrupla sa surface, ce qui amena à raser un quartier entier de la ville d'Angers. Avec ses dix-sept tours d'un diamètre de douze mètres surmontées de toits à poivrière, ses profonds fossés et ses éléments défensifs ingénieux, la place forte posée sur la colline de la Cité devait imposer l'autorité de Saint Louis face à la Bretagne et à son alliée l'Angleterre. Par sa position stratégique, Angers fut alors qualifiée de « Clé du royaume ». D'ailleurs, l'acrostiche fait à l'époque avec son nom témoignait de l'importance de la cité angevine.

Antique clef de France
Netteté de souffrance
Garant contre ennemis
Étape d'assurance
Recours de secourance
Sécurité d'amis

*
**

Au XIVᵉ et XVᵉ siècle, le château des Princes des fleurs de lys fut habité par des princes puissants de la famille royale de France, les ducs d'Anjou. Ils édifièrent de splendides bâtiments de style gothique flamboyant au centre de la place forte qu'ils rénovèrent. Amoureux des arts, ils firent réaliser des œuvres comme la gigantesque tenture de l'Apocalypse qui a été commandée en 1375 par le duc Louis Iᵉʳ d'Anjou, duc d'Anjou et de Touraine, comte du Maine et de Provence, roi de Naples et de Jérusalem. Il fallut sept ans pour la réaliser dans les ateliers parisiens de Robert Poinçon. Pour ce prince angevin amateur de tapisseries, cette commande fastueuse qui a réuni les meilleurs artistes et artisans de son temps était une manière d'exposer son prestige et son ambition. Véritable trésor monétaire et objet de luxe, les tapisseries de l'Apocalypse ont alors servi de décor à de grandes cérémonies princières et elles ont parfois été exposées en extérieur, comme en 1400 pour le mariage de Louis II d'Anjou avec Yolande d'Aragon née à Saragosse en Espagne. L'une des six tapisseries de cette œuvre exceptionnelle a effectivement été transportée, par bateau sur la Loire, puis par la route et enfin par le Rhône, jusqu'à Arles. Elle a décoré la cour du palais de l'archevêché d'Arles où le gîte a été offert aux jeunes mariés, mais aussi pour célébrer la mémoire de Louis 1er d'Anjou, second fils du roi Jean le Bon, mort en Italie en 1384.

Cette monumentale tenture en sept pièces réversibles faite de fils de laine aux couleurs vives mêlés à des fils plaqués d'or est inspirée de l'Apocalypse de Jean, d'après des cartons de Hennequin de Bruges, le peintre attitré du roi de France Charles V, le frère de Louis Ier d'Anjou.

Cadeau de Louis Ier à son épouse Marie de Blois, ce chef-d'œuvre unique au monde contient des informations, parfois en clins d'œil, sur la vie politique et sociale du siècle et sans doute la représentation de personnages réels. Elle est aussi une œuvre de propagande. En effet, à travers un récit biblique connu, Louis Ier a fait relater les troubles de son époque pour adresser à ses contemporains un message politique dans le contexte de la guerre franco-anglaise, plus tard nommée « guerre de Cent Ans ». Elle est une véritable fenêtre ouverte sur le Moyen Âge : dragon, anges, démons, villes fortifiées, femmes mystérieuses, chevaliers… se côtoient comme dans une véritable bande dessinée. On y découvre à quoi ressemblaient les fortifications aujourd'hui disparues des villes à la fin du XIVe siècle, l'équipement des chevaliers et le maniement des armes, les instruments de musique, les plantes, les animaux, les costumes, les mobiliers, l'architecture gothique… Il s'agit d'un récit descriptif fantastique où se mêlent réalité du XIVe siècle et mythologie chrétienne. La transparence de l'eau, le modelé des visages et le drapé des vêtements montrent que la technique des artisans lissiers a été poussée à son paroxysme.

En définitive, l'héritage artistique des princes angevins est plus impressionnant que leurs réussites politiques. Héritiers des royaumes de Naples, de Sicile et de Jérusalem, les ducs d'Anjou tentèrent de contrôler ces terres lointaines, en vain. Louis Ier d'Anjou y laissa sa vie, son fils Louis II y ruina sa santé et son petit-fils le Bon roi René, sa fortune.

*
**

Le temps passant, le mythe des tapisseries de l'Apocalypse s'est émoussé. En 1480, le roi René, dernier duc d'Anjou, les a léguées aux chanoines membres du chapitre de l'église cathédrale Saint-Maurice d'Angers.

Après plusieurs siècles d'exposition dans la cathédrale Saint-Maurice, les religieux s'en sont débarrassés aux motifs qu'ils ne l'aimaient pas et que la façon dont elle était accrochée perturbait, selon eux, l'acoustique des chants religieux. Ainsi, vers la moitié du XVIIIe siècle, la tenture se retrouva vulgairement roulée à l'intérieur de l'église Saint-Samson située dans l'actuel Jardin des plantes d'Angers. Mise au rebut, sa monumentalité entraîna sa fragmentation. Elle fut mutilée, découpée en plusieurs morceaux. À la Révolution, elle fut même dévolue à des usages triviaux en servant de couverture pour protéger les orangers du gel, de garniture d'écurie et de couverture pour les chevaux ou encore de doublure de rideaux !

En 1848, Louis-François Joubert (né au Mans en1799, mort à Beaulieu-sur-Layon en1873), alors custode (religieux d'un ordre mendiant ayant pour fonction d'inspecter une partie de la province) de la cathédrale Saint-Maurice d'Angers, redécouvrit la tenture de l'Apocalypse dans un état de conservation alarmant. Jusqu'à sa mort, l'homme d'Église se consacra au sauvetage de cet exceptionnel ensemble textile avec l'aide de l'assemblée des clercs et des laïcs de la fabrique de la cathédrale, mais aussi avec le concours de savants et le soutien de l'État.

En 1850, il fit laver, directement dans la Maine, les morceaux récupérés avec un savon à base de cendre. Pour les sécher, ils furent étendus sur les rives herbeuses de la rivière. Puis, il entreprit leur restauration en formant lui-même les lissières angevines, en supervisant les interventions et en achetant le matériel nécessaire. Il l'étudia et comprit la correspondance entre la tenture et le texte de l'Apocalypse de

Jean ou le Livre de la Révélation, le dernier livre du Nouveau Testament.

Précieusement conservés aux archives diocésaines d'Angers, les écrits du chanoine Joubert témoignent des interventions effectuées sur les tapisseries de l'Apocalypse. Leur compréhension est primordiale pour appréhender au mieux la conservation actuelle de cette œuvre d'art exceptionnelle.

Une seconde restauration, plus drastique encore, fut entreprise à partir de 1870 par Louis de Farcy (1841-1921). Cet historien issu d'une vieille famille de la noblesse angevine fit entièrement retisser des scènes manquantes d'après les reproductions des cartons disponibles dans les archives.

En 1905, lors de la promulgation de la loi de Séparation de l'Église et de l'État, la tenture devenue propriété publique demeura cependant affectée au culte.

En 1910, l'administration des Beaux-arts se vit attribuer l'ancien palais épiscopal d'Angers qui fut transformé en musée de la tapisserie. La tenture de l'Apocalypse y fut exposée la majorité de l'année.

En 1952, l'évêque d'Angers, Monseigneur Chappoulie, signa une convention qui prévoit la présentation définitive et permanente des tapisseries de l'Apocalypse au château d'Angers. Un espace a spécialement été créé dans la cour seigneuriale. La galerie en équerre construite par Bernard Vitry, architecte en chef des monuments historiques, a été inaugurée en 1954.

Les larges fenêtres vitrées du bâtiment laissant pénétrer la lumière naturelle, les pigments de la tenture se dégradèrent de façon irréversible lui faisant perdre ce qui lui restait de sa magnificence originelle. Les couleurs flamboyantes, alternance de fonds rouges et de fonds bleus décorés parfois de motifs végétaux ou géométriques, se trouvèrent altérées par cette exposition. Ces teintes obtenues par des colorants végétaux fragiles, le jaune de la gaude, le rouge de la garance, le bleu du pastel, n'étaient désormais visibles que sur l'envers. Il fallut attendre 1975 pour que les baies vitrées soient occultées.

Puis, en 1982, un profond réaménagement de la galerie a été mené afin que la tenture soit présentée dans une pénombre savamment dosée.

En 1996, une nouvelle scénographie a été imaginée. Les tapisseries ont été accrochées sur deux hauteurs différentes et tendues sur des velcros qui les soulagent de leur propre poids. Un filet blanc signale les dimensions primitives et les manques. Aujourd'hui, sur les 140 mètres de la tenture d'origine, seuls 103 mètres sont exposés dans des conditions très spécifiques. La température est maintenue constante à 19 °C, l'éclairage limité à 40 lux, et le degré d'hygrométrie maîtrisé.

Un constat de l'état de l'œuvre réalisé en 2016 a permis de s'assurer que ces conditions strictes permettent de perpétuer sa présentation au public, sans risque pour sa conservation.

*
**

Le château d'Angers a abrité un autre trésor : la relique de la Vraie Croix d'Anjou. Elle est d'ailleurs représentée dans la tenture de l'Apocalypse sur une bannière tissée en vert portant une croix à double traverse de couleur brune entourée d'un mince filet jaune. Elle figure aussi sur la clé de la troisième voûte de la chapelle reconstruite dès 1405 par la très pieuse Yolande d'Aragon, épouse de Louis II d'Anjou et belle-mère de Charles VII.

L'histoire de la Vraie Croix d'Anjou est tout aussi incroyable que celle de la tenture de l'Apocalypse. Elle nous renvoie au IVe siècle.

Vers 327, des fouilles ont été effectuées au Golgotha, la colline de Jérusalem, où, d'après les Évangiles, Jésus a été crucifié. Elles amenèrent à la découverte de trois croix. Celle de Jésus qui se distingue des deux autres par l'inscription de Pilate fut divisée en deux parties. L'une de ces parties resta à Jérusalem, l'autre aurait appartenu à l'empereur byzantin Manuel Comnème, puis au patriarche Gervais qui l'aurait confiée à l'évêque Thomas. En 1241, touché « *par la douceur et la piété manifeste* » du croisé angevin Jean II d'Alluye, Thomas lui aurait fait don de son précieux trésor :

un morceau de la Vraie Croix en forme de croix à double traverse.

À son retour en France, pour renflouer sa trésorerie largement obérée par sa croisade, Jean d'Alluye décida de vendre la relique pour 533 livres tournois (soit 44,5 kg d'argent pur) à l'abbaye cistercienne de la Boissière à Dénezé-sous-le-Lude en Anjou. La somme était considérable puisqu'au prix actuel de l'argent cela représente près de 2,5 millions d'euros. De plus, une chapelle fut spécialement construite à l'entrée de l'abbaye et trois lampes devaient briller jour et nuit en face de la relique. Mais l'abbaye qui était prospère pouvait se permettre cette folie, d'autant que par la suite les aumônes des nombreux fidèles venant adorer la croix assurèrent aux moines de gros revenus.

En 1357, craignant un pillage, les religieux de la Boissière décidèrent de mettre en sécurité la relique de la Vraie Croix en la confiant à deux religieux jacobins d'Angers.

En 1359, les moines la remirent à Louis Ier, duc d'Anjou, qui décida de la faire parer de joyaux. Par dévotion, il la fit déposer dans la chapelle du château d'Angers. Il l'adopta même comme emblème de la Maison d'Anjou en faisant broder son symbole sur sa bannière, ainsi qu'au-dessus des grands personnages de la tenture de l'Apocalypse.

Devenue la terre héréditaire de la maison d'Anjou par René 1er de Lorraine, duc d'Anjou, petit-fils de Louis 1er et fils de Yolande d'Aragon, le duché de Lorraine adopta la croix à double traverse devenue l'emblème des princes angevins. Au XXe siècle, le général de Gaulle fera de cette croix à double traverse le symbole de la France Libre.

À la Révolution française, la Vraie Croix d'Anjou fut déclarée bien national. On peut être surpris qu'elle ait échappé aux iconoclastes de la Révolution, car elle fut mise en vente aux enchères à Baugé. Anne de la Girouardière, la fondatrice d'une congrégation religieuse à Baugé, l'acheta et en fit le symbole de la communauté et de l'Hospice des Incurables qu'elle venait de créer. Aujourd'hui, la Croix d'Anjou est toujours conservée et vénérée à la chapelle de la Girouardière à Baugé.

*
**

Benoît Joubert, prêtre théologien du diocèse d'Angers, s'était illustré en prenant ouvertement partie pour que ces deux trésors soient réunis à la cathédrale Saint-Maurice, l'église cathédrale du diocèse d'Angers, là où repose la femme qu'il vénère : Yolande d'Aragon.

Issu, selon lui, de la famille de Louis-François Joubert, le sauveur des tapisseries de l'Apocalypse, il considérait que la Vraie Croix et l'illustration de l'Apocalypse selon Jean devaient être sanctuarisées dans la cathédrale Saint-Maurice d'Angers située à deux pas du château. Il avait une autre justification concernant la tenture : il souhaitait qu'elle orne la sépulture de Yolande d'Aragon et celle de son mari Louis II d'Anjou dans le chœur de la cathédrale.

Il est vrai que le père Benoît vouait un véritable culte à l'égard de cette femme exceptionnelle qu'était la duchesse d'Anjou. C'est elle qui a guidé Jeanne d'Arc dans sa mission et a largement contribué à la fin de la guerre de Cent Ans, non seulement en soutenant la Pucelle et le dauphin Charles, mais aussi par sa diplomatie exceptionnelle.

Dans ses sermons militants, le prêtre théologien rappelait que des éléments des tapisseries de l'Apocalypse ont été transportés jusqu'à Arles pour décorer la cour de l'évêché lors du mariage de l'infante d'Aragon avec Louis II d'Anjou. Il se sentait d'autant plus proche de celle que la Pucelle appelait « Ma Reine » qu'il était un franciscain ordonné prêtre. Or, la Maison d'Anjou, et en particulier la dévote Yolande d'Aragon, était une protectrice de cet ordre religieux mendiant fondé par Saint François d'Assise.

Avec quatre couvents d'ordres mendiants qui comprenaient les dominicains, les franciscains, les carmes et les augustins, Angers faisait figure de grande ville de la foi, ce dont la duchesse d'Anjou savait se servir.

À la mort de son mari, Yolande d'Aragon a plus que jamais vécu dans un étroit commerce avec les cordeliers du couvent d'Angers. Elle se plaisait à montrer une préférence marquée pour les religieux de l'ordre de Saint-François qu'elle comblait des plus insignes faveurs. On vit alors les merveilles d'Assise se renouveler jusqu'à un certain point dans la capitale de l'Anjou. Le couvent des franciscains devint le centre d'une propagande pieuse. La duchesse et les plus grandes dames de sa cour venaient s'y exercer à la mortification et à la pratique de toutes les vertus chrétiennes.

Face aux multiples difficultés qu'elle dut affronter sans se décourager, Yolande d'Aragon chercha le soutien dans la foi et les prédications des moines de l'ordre franciscain. Elle et son gendre Charles accordaient une protection toute spéciale aux franciscains dits de l'observance. Les observants étaient ainsi appelés parce qu'ils faisaient vœu d'observer plus strictement que les autres franciscains conventuels la règle de l'italien Saint-François d'Assise, le fondateur de l'ordre. Cette règle se caractérisait par la prière, la joie, la pauvreté, l'évangélisation et le respect de la création. Par l'évangélisation de Bernardin de Sienne, l'observance s'est répandue dans les diverses parties de la chrétienté. C'est en France que cette réforme a fait les progrès les plus rapides, surtout dans les provinces centrales où Yolande d'Aragon, pour des motifs politiques, en a favorisé le développement de tout son pouvoir. Ainsi, le Maine, l'Anjou, le Poitou et la Touraine ne possédaient pas moins de six couvents d'observants : ceux de Laval, de Bressuire, de Cholet, d'Amboise, de Fontenay-le-Comte, et un sixième près de Poitiers. La duchesse d'Anjou y présidait ou se faisait représenter par des dames de sa cour. Elle sollicitait aussi le réseau des moines franciscains appelés cordeliers depuis la septième croisade de saint Louis pour mieux savoir ce qui se passait dans les territoires relevant de la Maison d'Anjou, y compris au nord-est du royaume de France, en l'occurrence le Barrois et la Lorraine avec lesquels elle avait des liens familiaux. D'ailleurs, en 1414, un couvent d'observants a été établi à Varennes, au diocèse de Reims, par le duc cardinal Louis Ier de Bar, l'oncle maternel de Yolande d'Aragon.

Adeptes des pèlerinages, les moines cordeliers portaient une grosse corde jalonnée de nœuds sur leur robe de bure brune ou grise munie d'un capuchon court et arrondi. Ils étaient d'incomparables messagers.

C'est donc un véritable pacte d'alliance qui unissait ces moines à la Maison d'Anjou. Ils propageaient la parole de Jésus, mais aussi la parole diplomatique.

En se retirant de la vie politique tout en y restant attentive, Yolande d'Aragon aspira à un repos bien mérité. Toujours vêtue de noir, elle voulut vivre la fin de sa vie dans la discrétion et le recueillement. Elle se fit oblate de saint François de Rome pour se consacrer à Dieu qui l'a soutenu, tout autant que la Pucelle, dans son combat pour sauver la France. Restée laïque, elle ne prit pas le voile en prononçant les vœux d'obéissance, de pauvreté et de chasteté, mais elle s'attacha à les respecter en s'engageant à obéir au supérieur de la communauté.

Pour toutes ces raisons, l'abbé Benoît Joubert était pétri d'admiration pour Yolande d'Aragon qu'il idolâtrait. La tenture de l'Apocalypse et la Vraie Croix d'Anjou étaient à ses yeux des reliques sacrées directement liées à elle. Il estimait qu'elles devaient être sanctifiées en mémoire de cette femme admirable trop méconnue qu'il considérait comme une sainte.

À l'occasion de ses sermons militants, le père Benoît promettait, ni plus ni moins, la concrétisation de la scène 44 de la tenture de l'Apocalypse intitulée « La Bête de la Terre fait tomber le feu du Ciel », si l'on ne respectait pas sa volonté qui était, selon lui, celle de Dieu. Or, faute d'être entendu, il semble bien que sa prédiction se soit manifestée.

En effet, le samedi 10 janvier 2009, peu avant 16 heures, un employé a vu de la fumée s'échapper du deuxième niveau du Logis royal du château d'Angers. Il a aussitôt donné l'alerte. Quelques minutes plus tard, la toiture du bâtiment datant de 1350 s'est embrassée. L'incendie menaçait directement la chapelle attenante édifiée à partir de 1410 selon des plans de Yolande d'Aragon en personne.

Les pompiers dépêchés sur les lieux furent dans l'impossibilité de rentrer leurs véhicules de secours dans l'enceinte du château, car l'entrée principale est trop étroite. Ils durent dérouler des centaines de mètres de tuyaux et utiliser des petites échelles mobiles.

L'administrateur du château d'Angers géré par le Centre des monuments nationaux a immédiatement pris des mesures pour mettre à l'abri d'inestimables tapisseries du XIVe au XVIIIe siècle. Elles étaient entreposées dans deux salles d'exposition pouvant être menacées par l'incendie s'il venait à se propager au niveau inférieur. Par contre, la fameuse tenture de l'Apocalypse était à l'abri dans le bâtiment construit spécialement pour elle.

Après des heures de combat contre les flammes, les pompiers parvinrent à sauver la chapelle Saint-Jean-Baptiste, leur priorité. Ce joyau d'une nef unique a été construit au début du XVe siècle dans le style architectural du gothique angevin à la demande de Yolande d'Aragon, alors veuve de Louis II d'Anjou.

Compte tenu de l'ampleur des dégâts et de l'émotion suscitée par cette catastrophe, dès le lendemain la ministre de la Culture s'est rendue sur place. Employée au ministère, Marina Krapsy l'accompagnait.

Les spécialistes ne sont pas parvenus à identifier de façon certaine la cause de l'incendie. Ils ont avancé l'hypothèse qu'il était d'origine électrique et qu'il avait pris au niveau du plancher de l'étage. Ils n'ont pas plus tranché la question de savoir s'il était d'origine accidentelle ou criminelle.

Grâce à la réactivité des employés, les précieuses tapisseries ont été mises à l'abri et aucune œuvre n'a été endommagée. Par contre, la toiture du bâtiment a été totalement détruite. Les dégâts estimés à 2 millions d'euros se sont finalement élevés à 6 millions, car en plus de la toiture il a fallu restaurer la maçonnerie du bâtiment sinistré endommagée les jours suivants par le gel de l'eau d'extinction. Par ailleurs, les Bâtiments de France en ont profité pour rendre le monument accessible aux personnes à mobilité réduite en installant un ascenseur.

*
**

Le dimanche 23 juillet 2017, lors de la célébration de la messe dominicale, l'abbé Benoît Joubert ne s'est pas privé de rappeler sa prophétie à ses ouailles peu nombreuses en cette période de vacances estivales. Si certains fidèles étaient disposés à la croire, une des paroissiennes, Mademoiselle Imbert, a fini par se prendre de bec avec le prédicateur quelque peu sectaire. Elle lui objecta que le feu du ciel fréquemment abordé dans l'Ancien et le Nouveau Testament n'était en rien en cause dans l'incendie du château d'Angers. S'engagea alors une grande controverse entre l'historienne érudite et le prêtre théologien.

Il se trouve que Florence Bertholet a eu connaissance de cette algarade de la bouche même de la dévote angevine qui a été sa professeure d'histoire au lycée Saint Louis de Saumur, avant de retrouver Angers où elle était née et finir sa carrière comme proviseure du lycée David d'Angers.

Célibataire par vocation, Mademoiselle Imbert vivait dans une maison bourgeoise du quartier Saint-Léonard à Angers, celle de ses parents, où elle était née. Il arrivait parfois à la famille Bertholet de rendre visite à la professeure retraitée à qui Florence doit sa passion pour l'histoire et sans doute même sa fille Jade pour celle de l'égyptologie.

Mademoiselle Imbert considérait son célibat comme un don de Dieu. Pratiquement personne ne connaissait son prénom, c'était « Mademoiselle ». Docteure en histoire, elle occupait tous ses loisirs de retraitée à la lecture et aux voyages, avec une prédilection pour l'Égypte et plus généralement le Moyen-Orient. Élève de l'égyptologue français en charge des recherches archéologiques sur le site de Tanis dans le delta du Nil, elle avait appris à décrypter les hiéroglyphes et elle l'accompagnait assez souvent à l'occasion de ses campagnes de fouilles. Sa culture était prodigieuse et ses notes de voyage d'une grande richesse auraient mérité d'être publiées. Malheureusement, le lendemain du jour de Noël 2018, Mademoiselle Imbert a été sauvagement assassinée à son domicile. Elle avait soixante-dix-huit ans.

Ce meurtre a profondément bouleversé Florence Bertholet. Avec son mari Olivier et sa fille Jade, ils ont assisté à la cérémonie d'adieu. À cette occasion, Florence a cherché à en savoir plus sur ce crime odieux. La malheureuse a d'abord été assommée avant d'être poignardée à plusieurs reprises. Des empreintes digitales et de l'ADN ont été relevés sur la scène de crime.

Très indépendante, Mademoiselle Imbert avait assez peu de relations connues et pratiquement pas de famille. Seul un neveu qu'elle considérait comme son fils la visitait parfois.

Notoirement très pieuses, des investigations ont été menées du côté religieux. Le père Benoît Joubert, son confesseur, a été entendu, mais il n'est rien ressorti de son audition.

Des anciens collègues et élèves de la professeure et proviseure retraitée ont été interrogés, ainsi que des adhérents de l'association d'égyptologie avec lesquels elle suivait des cours et des conférences sur l'Égypte ancienne. Mais là aussi rien n'a pu mettre les enquêteurs sur la piste du meurtrier.

Entendue avec son mari, c'est ainsi que Florence Bertholet en a appris un peu plus sur ce meurtre qui a laissé les policiers perplexes.

*
**

En février 2021, à l'occasion des vacances scolaires, Marina Krapsy, son mari Arnold et leur fille Chloé se trouvaient au domicile tourangeau du couple Bertholet pour un court séjour. Marina avait répondu à l'invitation de son amie Florence rendue possible par la fin du confinement lié à la pandémie de la Covid 19 intervenue le 15 décembre précédent.

Laura et son mari Ludovic qui tiennent le restaurant français « Orsay » à Jacksonville aux États-Unis étaient aussi venus présenter leur dernière-née, Marine âgée de six mois, aux grands-parents paternels et maternels.

Alors que les visiteurs avaient décidé d'aller prendre l'air un peu frisquet sur le coteau qui domine la Loire en promenant la petite Marine dans son landau, Florence et Marina s'étaient réfugiées dans la bibliothèque. Elles ont évoqué les évènements tragiques qui ont eu lieu à Angers et qui les touchaient à titre personnel et professionnel.

« Marina, il y a un peu plus d'un an nous avons vécu des moments dramatiques avec la mort de deux élèves de ton théâtre amateur qui ont interprété un jeu de rôle en rapport avec l'histoire du château d'Azay-le-Rideau et celle d'illustres personnages s'y rapportant. Quelques mois plus tôt, fin 2018, c'est Mademoiselle Imbert qui a été poignardée à son domicile angevin. Elle m'était très chère, car je lui dois ma vocation. Et puis, le 22 décembre dernier, c'est Marthe Moreau qui a été retrouvée égorgée dans la rue du Vollier, une voie piétonne étroite et pavée qui relie le parvis de la cathédrale Saint-Maurice à la promenade du Bout-Du-Monde sur laquelle ouvre l'entrée du château d'Angers. Il faut bien dire que la nuit, elle ressemble à un véritable coupe-gorge. Alors qu'Angers a la réputation d'une ville paisible bercée par la douceur angevine, ces deux crimes ont créé un climat anxiogène, d'autant que les prédictions apocalyptiques de l'abbé Joubert se sont répandues dans la cité.

— Pierre Contepoint, l'administrateur du château m'a parlé du meurtre effroyable de Marthe, l'ancienne lissière que le ministère de la Culture venait, par ton entremise d'ailleurs, de mandater pour une expertise confidentielle. Après l'incendie du Logis royal du château dont on ne sait toujours pas s'il était accidentel ou criminel, Pierre est très marqué par la mort atroce de ces deux malheureuses femmes qu'il connaissait. À l'époque de l'incendie, je n'étais pas encore conseillère du ministre de la Culture, cependant mes fonctions au ministère m'ont amené à suivre le dossier relatif à ce sinistre qui aurait pu avoir des conséquences encore plus catastrophiques. D'ailleurs, j'avais accompagné la ministre de l'époque qui s'était rendue sur place dès le lendemain. L'émotion était très vive et l'on a évité le pire grâce aux pompiers qui sont parvenus à protéger la chapelle et ont évité la propagation de l'incendie qui aurait pu mettre en péril des tapisseries représentant un trésor inestimable.

— L'enquête n'a vraiment pas pu déterminer les causes de l'incendie ? Est-elle close ?

— Non, pas vraiment. L'enquête n'est pas close. Nous avons eu des soupçons à l'égard du prêtre intégriste pour le moins original que tu as évoqué et qui était le confesseur de Mademoiselle Imbert.

— Mademoiselle Imbert m'avait effectivement parlé d'un différend qu'elle avait eu avec lui au sujet de ses prédictions apocalyptiques. Je crois qu'il ne s'agissait que d'une querelle entre érudits. Alors, pourquoi ces soupçons à l'égard de ce prêtre théologien ?

— L'abbé Benoît Joubert se dit descendant de Louis-François Joubert, celui qui a sauvé les tapisseries de l'Apocalypse d'une destruction complète. Il milite pour la tenture exposée au château revienne dans le giron de l'Église. Il explique aussi que la Vraie Croix d'Anjou rapportée des croisades au XIIIe siècle doit avoir le même destin. Il justifie aussi le retour de la tenture de l'Apocalypse dans la cathédrale Saint-Maurice par le fait que Yolande d'Aragon, la duchesse d'Anjou qui a guidé Jeanne d'Arc dans son épopée, y est inhumée. Moine franciscain, il lui porte un véritable culte, car elle a été bienfaitrice et protectrice des ordres mendiants, en particulier celui des franciscains.

— Il est vrai que des éléments de la tenture de l'Apocalypse ont été emmenés à Arles pour servir de décoration lors du mariage de Yolande avec Louis II d'Anjou.

— Effectivement. Florence, je vois que rien ne t'échappe en matière historique.

— Comment les enquêteurs en sont-ils arrivés à avoir des soupçons sur ce prêtre ?

— Il cache d'autant moins son activisme à l'égard des tapisseries de l'Apocalypse qu'il ne manque pas une occasion pour le manifester. Il le fait en particulier lors de prêches. À ces occasions, il promet l'accomplissement de la scène 44 de l'Apocalypse selon saint Jean intitulé « La Bête de la terre fait tomber le feu », si son vœu, qu'il dit être aussi celui de Dieu, n'est pas exaucé.

— Ce religieux est un peu étrange, mais après tout il défend une cause qui pour lui est juste. Comment les enquêteurs ont-ils eu vent de ses propos ?

— Semble-t-il excédé par ses prédictions apocalyptiques, une fidèle a adressé deux courriers anonymes à l'évêque, mais aussi à la police. L'un était signé « Une messagère de Dieu ».

— Rien que ça ! La dénonciatrice n'est pas banale non plus pour signaler ainsi des propos qui, au demeurant, ne sont pas blasphématoires.

— Oui, mais il semblerait qu'elle a exprimé un autre grief à l'égard du prêtre. Pierre Contepoint qui m'a relaté les faits n'en connaît pas la nature.

— En définitive, la police n'a rien eu à reprocher à cet abbé dont Mademoiselle Imbert appréciait l'érudition.

— Non, effectivement.

— Et du côté de l'évêque ? Sais-tu s'il y a eu une suite à cette dénonciation anonyme ?

— Là, Florence, les choses ont été plus ennuyeuses pour l'abbé Joubert : il a été défroqué. D'après Pierre Contepoint, il avait le choix entre démissionner de son sacerdoce ou être jugé incapable, la sanction avant l'excommunication.

— Si ce ne sont pas ses prêches apocalyptiques qui ont pu justifier cette sanction, il devait y avoir une autre raison bien plus grave. Aurait-il eu un comportement déplacé avec la dénonciatrice ?

— Ce que je sais, c'est que le père Joubert porte un certain intérêt à la doctrine du moine breton d'Abrissel, le fondateur de l'abbaye pour femmes de Fontevraud.

— Ah oui, celui qui couchait nu auprès de femmes qui l'étaient tout autant pour s'infliger le supplice de la tentation et ne pas y céder, du moins l'assurait-il. Je crois me souvenir que l'évêque de Rennes qui n'était pas dupe lui avait adressé une sévère lettre de condamnation. Il a notamment reproché au fameux prédicateur de vivre au milieu des femmes, de porter un costume ridicule, de stigmatiser les vices du peuple, et plus encore ceux des grands et du clergé.

Il est donc bien possible que l'abbé Joubert soit impliqué dans une affaire de mœurs.
— Florence, tu as raison, cela est assez vraisemblable.
— Sais-tu ce qu'il est devenu ?
— Toujours selon Pierre Contepoint, il aurait créé une communauté religieuse, mais laïque, et un élevage de brebis, au sud d'Angers. Les membres de sa communauté sont des femmes.
— Voilà qui n'est pas ordinaire. Le rapport entre la communauté religieuse de femmes et le troupeau de brebis n'est sans doute pas fortuit. De ce que j'ai compris de sa personnalité, il doit désormais se considérer comme Jésus-Christ le bon berger.
— C'est bien possible.
— Et la dénonciatrice, on ne sait toujours pas qui elle est.
— Pas à ma connaissance. En tous les cas, depuis qu'il a été défroqué le prêtre ne fait plus parler de lui avec ses prédictions apocalyptiques.
— En définitive, tant pour le meurtre de Marthe Moreau égorgée à proximité du château que pour celui de Mademoiselle Imbert assassinée à son domicile, il semble bien que les enquêtes soient dans une impasse, d'autant que pour ces deux crimes aucun mobile n'a pu clairement être mis en évidence.
— Concernant Marthe, Pierre Contepoint m'a dit que le Parquet national antiterroriste a été saisi en raison du mode opératoire et d'indices relevés sur la scène de crime
— Il pourrait donc s'agir du crime d'un fanatique islamique. Pourtant, je n'ai pas entendu parler d'une

revendication. Le mobile religieux semble rapprocher ces deux meurtres. Je sais Marthe était pratiquante, tout comme Mademoiselle Imbert qui était une chrétienne de grande foi. Et puis, il pourrait y avoir un rapport avec la cathédrale Saint-Maurice et le château d'Angers. Mademoiselle Imbert les fréquentait et Marthe Moreau aussi. Je crois que Marthe était une habituée du château.

— Tout à fait Florence. Pierre m'a dit qu'en plus de ses prestations au musée Jean Lurçat, Marthe assurait des ateliers de discussion sur les techniques de tissage et elle avait participé à l'expertise des tapisseries de l'Apocalypse en sa qualité d'ancienne lissière d'Aubusson. De son côté, Mademoiselle Imbert y donnait des conférences sur l'histoire du château et celle de la tenture de l'Apocalypse pour ce qu'elle évoque de la vie à l'époque médiévale.

— Marina, il pourrait donc bien y avoir un lien entre les deux meurtres et ce serait la tenture. Des fanatiques religieux ne s'en seraient-ils pas pris à des personnes qui s'intéressent à l'Apocalypse de Jean. Le livre de l'Apocalypse est une célébration du Christ très considéré dans l'islam. Cela n'est sans doute pas pour plaire aux islamistes qui n'aiment pas les représentations divines.

— Je ne sais pas si les enquêteurs ont fait un rapprochement entre les deux crimes. Si la tenture de l'Apocalypse est souvent comparée à une bande dessinée biblique, je ne pense pas que l'on puisse faire une relation avec l'attaque terroriste islamiste perpétrée en 2015 contre le journal satirique Charlie

Hebdo qui a publié des caricatures jugées blasphématoires du Prophète.

— Pourtant, tu m'as dit que le Parquet national antiterroriste a été saisi dans le cas du meurtre de Marthe Moreau. On ne peut pas nier la montée de l'intolérance entre les religions et la violence qu'elle suscite. Mais dans quel monde vivons-nous ? Ce prêtre qui prédit l'Apocalypse a peut-être raison.

— En attendant, il ne semble plus faire parler de lui depuis qu'il a été écarté de l'Église et qu'il s'est reconverti, si je peux dire.

— Je crois t'avoir raconté l'histoire d'un ermite qui se faisait appeler Clodion le Chevelu. Il vivait dans un refuge semi-troglodyte au-dessus des Ardilliers à Saumur. Sur une terrasse à flanc de coteau, il entretenait un petit potager, il élevait quelques volailles et avait deux chèvres. Il était donc autosuffisant. Et puis, comme adepte du moine d'Arbrissel, d'une certaine façon il bénéficiait du soutien de quelques femmes un peu perdues. Il est bien possible que l'abbé défroqué qui n'en reste pas moins moine ait pris la même voie que Clodion le Chevelu. Après tout, il y a des illuminés parfaitement pacifiques.

— Sans compter que l'on voit des écolos quelque peu radicaux reprendre une vie primitive en créant des communautés. L'ex-abbé Benoît Joubert a probablement trouvé son bonheur dans une vie simple, en vivant pleinement sa foi en Dieu et probablement son amour des femmes. Ainsi, en a-t-il peut-être oublié son militantisme pour le retour des tapisseries de l'Apocalypse sous la protection de l'Église.

— Marina, tu as probablement raison, mais il reste que deux meurtres abominables qui semblent avoir un rapport avec la religion et la tenture de l'Apocalypse restent à ce jour inexpliqués et donc impunis.

— Faisons confiance aux enquêteurs, ils finiront bien par trouver quelque chose. Ces affaires sont loin d'être classées.

— Espérons-le. Bon, voilà nos hommes et les enfants qui reviennent de leur balade. Je ne sais pas de quoi ils ont parlé pendant que nous évoquions des sujets bien graves, mais ils semblent très complices.

De fait, Olivier Bertholet et Arnold Krapsy étaient particulièrement joyeux.

— Qu'est-ce qui vous rend aussi si gais ?

— Florence, je viens de raconter à Arnold l'histoire de l'ermite des Ardilliers à Saumur qui se prenait pour le moine d'Arbrissel.

— Non, ce n'est pas vrai. Moi aussi je viens d'en parler à Marina. Bien, nous allons changer de sujet. Je vais chercher Jade qui s'est réfugié dans sa chambre avec Chloé pour lui demander de nous servir l'apéritif avant de dîner. J'ai fait appel à un traiteur de Saint-Cyr pour vous faire apprécier quelques spécialités tourangelles et surtout pour ne pas être mobilisée en cuisine. Pour le déjeuner de demain, mon gendre sera le cuisinier à domicile. Par courriel, il m'a envoyé la liste des produits à acheter. Vous allez voir, il est un chef exceptionnel ».

Laura, Ludovic et leurs deux enfants Sébastien et Marine ont succédé à la famille Krapsy pour séjourner une petite semaine à Saint-Cyr-sur-Loire avant de repartir vers les États-Unis.

*
**

Si Laura n'ignorait pas le meurtre de Mademoiselle Imbert qu'elle connaissait un peu, Florence ne l'avait pas informée de l'assassinat barbare de l'ancienne lissière d'Aubusson, considérant que la jeune maman n'avait pas besoin d'avoir connaissance de telles horreurs. Toutefois, ayant entendu les deux amies évoquer un autre meurtre commis à Angers, le soir, une fois les invités parisiens repartis, Laura a interrogé sa mère.

« Maman, quel est donc cet autre meurtre commis à Angers dont tu as parlé avec Marina. J'ai l'impression que tu as changé de conversation lorsque tu t'es rendu compte de ma présence. Tu veux bien m'en parler.

— Tu sais Laura, il y a déjà l'assassinat de Mademoiselle Imbert, je ne veux pas te perturber avec des choses aussi horribles. Je te sais très sensible.

— Là, tu m'en dis trop. Ma sœur est au courant ?

— Oui.

— Bon, je vais lui demander de me dire ce que tu ne veux pas me raconter.

— Non, non. Je te demande de ne pas ennuyer Jade avec cette histoire. Tu n'ignores pas qu'elle a été gravement perturbée par la mort criminelle de son ami de Paris avec lequel elle participait à un jeu de rôle en rapport avec l'histoire et des personnages du château d'Azay-le-Rideau. Viens, nous allons rapidement faire un tour dehors. Couvre-toi bien, il ne fait pas chaud, même si la journée a été ensoleillée ».

À la fin de leur promenade, Laura savait tout de l'assassinat barbare de Marthe Moreau qu'elle ne connaissait pas. La jeune femme ne croyait pas à un attentat islamique, comme le laissait à penser la saisine du Parquet national antiterroriste. Elle voyait plutôt un rapport avec un culte et l'apocalypse, car cela lui faisait penser à un fait divers qui avait bouleversé l'Amérique à la fin des années 1960. Il avait refait surface en novembre 2017 avec la mort de causes naturelles à quatre-vingt-trois ans dans un hôpital de Bakersfield en Californie de l'instigateur du massacre de sept personnes dont l'actrice Sharon Tate qui était enceinte. Il s'agissait Charles Manson, le gourou psychopathe qui était incarcéré à vie dans la prison de haute sécurité de Corcoran. Des centaines de livres, des séries télévisées, des films, et même des comédies musicales évoquent le parcours sectaire de celui qui se présentait comme une réincarnation du Christ après avoir fondé une communauté hippie.

En 1989, au parloir de la prison de Corcoran une journaliste française a été la première à s'entretenir avec le « gourou du mal », pour le compte du magazine *Reporters*. Lors de cette interview, le monstre qui avait assez d'emprise sur ses « fidèles » pour leur faire assassiner plusieurs personnes de la façon la plus horrible au prétexte de l'apocalypse prochain n'avait exprimé aucun regret. Il avait affirmé : *« J'aime les gens et je m'aime »*.

« Maman, le prêtre dont tu m'as parlé ne me paraît pas très net en promettant l'apocalypse si l'on ne satisfait pas ses exigences. Il pourrait bien avoir une responsabilité dans le meurtre de tes deux amies.

— Cela m'étonnerait, d'autant que les enquêteurs se sont intéressés à lui et qu'ils n'ont rien trouvé à lui reprocher. C'est lui qui officiait pour la bénédiction du cercueil de Mademoiselle Imbert au crématorium. J'ai pu constater qu'il semblait vraiment affecté par la mort atroce de l'une de ses fidèles. Ensemble, ils avaient parfois quelques chamailleries d'érudits, mais cela ne faisait que renforcer leur amitié.

— Tu sais, avec les psychopathes il faut s'attendre à tout, d'autant qu'ils sont souvent très intelligents et manipulateurs. Charles Manson était de ceux-là.

— Benoît Joubert est sans doute un original un peu sectaire, mais je ne pense pas qu'il soit un psychopathe.

— Ça reste à voir. Il me semble être un imposteur.

— Là, Laura, tu as un peu raison. Cela choquait Mademoiselle Imbert qu'il se prenne pour le philosophe, dialecticien et théologien Abélard, mais aussi pour le moine d'Arbrissel. Même sa prétendue filiation avec le sauveur de la tapisserie de l'Apocalypse n'est pas avérée.

— Et puis, sa relation aux femmes est problématique pour un prêtre.

— C'est sans doute la raison pour laquelle il a été défroqué. Tout cela ne fait pas de lui un monstre qui aurait une responsabilité dans des meurtres aussi abominables dont le mobile n'est pas clairement établi. Lorsque j'ai fait sa connaissance, il m'a été sympathique et je l'ai même trouvé séduisant. Je comprends que des femmes ne soient pas insensibles à son charme.

— Tu sais que l'arme fatale des pervers c'est la séduction ?

— Psychopathe, imposteur, pervers. Laura, je crois que tu fantasmes un peu sur la personnalité de l'abbé Joubert. Et puis, le parallèle que tu fais avec l'américain Manson ne me paraît pas très pertinent.

— Sais-tu ce qu'il est devenu depuis qu'il a perdu son état ecclésiastique ?

— Il aurait fondé une sorte de communauté et créé un élevage de brebis. En parlant de ce sujet avec Marina, je lui ai promis que j'allais me renseigner.

— Sois prudente. Je crois bien que tu vas découvrir une secte.

— Ne t'inquiète pas, je ne vais pas me faire enrôler. À présent, il est temps d'aller retrouver tes enfants et voir si ta sœur s'en est bien occupée ».

*
**

Avec le concours de Florence Bertholet, de Marina Krapsy, et de certains de leurs proches, nous allons revenir sur ces faits tragiques qui ont d'abord mis la police en échec et suscité une véritable psychose. Nous allons faire plus ample connaissance avec les victimes et, pouvons-nous l'espérer, nous découvrirons qui sont les coupables de ces actes barbares qui se sont répétés.

MADEMOISELLE IMBERT

Mademoiselle Imbert était née en 1940. Son prénom, qu'elle occultait pour mieux marquer son célibat, était Anne-Marie. Elle n'avait pratiquement pas connu son père, Albert, assassiné par les nazis pour fait de résistance alors qu'elle n'avait guère plus de trois ans. Toute sa vie Louise, sa mère, avait porté le deuil de son mari, sans chercher à rencontrer un autre homme et donc à se remarier. Sa fille ne l'aura vue qu'habillée de noir.

Louise avait une sœur de trois ans son aînée. Prénommée Hortense, elle était mère célibataire d'un fils unique, Édouard, né en 1959.

Les deux sœurs avaient la même prédilection pour le célibat, le veuvage prématuré de leur mère y était sans doute pour quelque chose.

Depuis la mort de sa sœur des suites d'un cancer, Anne-Marie Imbert portait une grande affection à son neveu qu'elle considérait comme son fils. D'ailleurs, elle l'appelait souvent « mon fils ».

Pourtant, Édouard n'est pas une personne très intéressante. Plutôt indolent de nature, il collectionne les conquêtes féminines. Célibataire lui aussi, il exploite sa séduction pour vivre aux crochets de femmes qui ne peuvent résister à son charme et à son éloquence, d'autant qu'il est un bon amant. Employé dans une agence immobilière d'Angers, il bénéficie d'une certaine liberté propice à son passe-temps favori qui est de pousser à l'adultère des femmes mariées. Malgré ce dévoiement que sa tante n'ignorait pas, elle le choyait et il obtenait d'elle tout ce qu'il voulait, en particulier de l'argent. Il était son point faible. Pourtant, Mademoiselle Imbert était particulièrement à cheval sur les principes et les bonnes mœurs.

Albert Imbert dirigeait une entreprise horticole prospère en Anjou. À sa mort, sa femme en a assuré la gestion avant de la revendre une dizaine d'années plus tard en raison de problèmes de santé. Cette vente et les revenus de quelques biens immobiliers lui ont assuré une rente confortable, sans compter la grande maison bourgeoise de la rue Saint-Léonard à Angers où elle a continué d'habiter avec ses deux filles. Vivant dans une certaine aisance, Louise Imbert pouvait se permettre d'employer une gouvernante. Lors de son décès en 1985, sa fille Anne-Marie l'a gardé à son service. Vieille fille elle aussi, Arlette Michauneau vivait dans cette maison où elle disposait d'une chambre. Lorsque Mademoiselle Imbert s'absentait, en particulier lors de ses nombreux voyages, la demeure restait sous la surveillance d'Arlette en qui elle avait toute confiance.

*
**

Une fois à la retraite, Mademoiselle Imbert louait, pour une somme dérisoire, deux chambres et une pièce servant de bureau à deux étudiantes du campus d'Angers de l'Université catholique de l'Ouest.

La Catho, comme on l'appelle couramment, est constituée de la Faculté de théologie et de sciences religieuses et de quatre facultés laïques : la Faculté des Humanités, la Faculté des Sciences Humaines et Sociales, la Faculté des Sciences, et la Faculté de l'Éducation où les pensionnaires de l'ancienne professeure d'histoire suivaient une formation initiale préparant aux concours de l'enseignement. Au moment de la disparition de leur logeuse, les deux étudiantes, Juliette et Caroline, bénéficiaient non seulement du gîte, mais aussi du couvert pour le dîner. C'était pour Mademoiselle Imbert l'occasion de converser avec les jeunes filles qui se destinaient à l'enseignement, la passion de sa vie. Elle était toujours à leur disposition pour leur délivrer des conseils et leur faire partager son immense culture. À sa mort, les deux locataires ont pu rester jusqu'à la fin de l'année scolaire, ainsi que Arlette Michauneau, la gouvernante qui vivait avec la maîtresse de maison.

La succession s'est révélée un peu compliquée pour Édouard, l'héritier désigné dans le testament de sa défunte tante.

*
**

Après l'obtention d'un CAPES d'histoire-géographie et d'une agrégation d'histoire, Anne-Marie Imbert a donc commencé sa carrière d'enseignante comme professeure d'histoire et géographie au lycée Saint Louis à Saumur.

Florence Bertholet avait quinze ans lorsqu'elle l'a connue en classe de seconde. Mademoiselle Imbert jouissait déjà d'une grande réputation dans les matières qu'elle enseignait, en particulier en histoire. Elle était surnommée « l'Alain Decaux du lycée », tant elle avait du talent pour vulgariser et raconter l'histoire. Sachant passionner ses élèves, elle a manifestement été à l'origine de la vocation de Florence Bertholet qui est restée en contact avec elle et a bénéficié de ses précieux conseils.

Après le lycée Saint Louis à Saumur, Mademoiselle Imbert a obtenu une affectation au lycée Saint Benoît d'Angers.

Elle a fini sa carrière à l'Éducation nationale comme proviseure du lycée David d'Angers.

Une fois à la retraite, elle faisait plus que jamais du tourisme culturel, de telle sorte que pratiquement aucune région du monde ne lui était inconnue. Elle donnait des conférences sur ses voyages, mais aussi sur des sujets historiques comme la tenture de l'Apocalypse exposée au château d'Angers. Et puis, la foi tenait une place non négligeable dans son emploi du temps.

À l'église Sainte-Madeleine proche de son domicile, son confesseur était l'abbé Benoît Joubert. En privé, elle avait avec lui de grands débats théologiques, en particulier lorsqu'elle l'invitait à déjeuner chez elle. Un peu pédante, elle détestait apparaître ignorante. Ce côté doctoral l'avait amené à suivre en auditrice libre le cours de théologie à la Faculté de théologie et de sciences religieuses de l'Université catholique de l'Ouest. Avec son incroyable capacité de lecture qui l'amenait à peu dormir la nuit, elle n'avait pas tardé à pratiquement surclasser Benoît Joubert dans ce domaine. Si cette domination n'était pas vraiment pour plaire à l'abbé, il n'en laissait rien paraître, considérant que ces véritables joutes théologiques étaient enrichissantes. Par contre, il n'avait pas apprécié que Mademoiselle Imbert lui reproche ses prises de position au sujet de la place qui devait revenir aux tapisseries de l'Apocalypse. Pourtant, les critiques de l'historienne ne portaient pas vraiment sur le fond, mais sur la forme. Elle considérait que ce sujet relevait de l'histoire et non de la religion. Selon elle, il n'avait pas sa place dans un sermon et ne devait pas faire l'objet de prédications.

À l'issue d'un office religieux dominical au cours duquel l'abbé Joubert avait renouvelé ses prédications apocalyptiques, Mademoiselle Imbert était allée le retrouver, alors qu'il se changeait dans la sacristie, pour lui signifier sa désapprobation. Il lui avait fait remarquer que le lieu n'était pas ouvert au public. Elle lui avait rappelé qu'en sa qualité de sacristine, c'est-à-dire en charge de la tenue de la sacristie et du bon déroulement matériel des célébrations, elle y avait un libre accès.

*
**

Ces prises de bec avec le père Benoît Joubert, Mademoiselle Imbert en avait fait la confidence à Florence Bertholet en juillet 2018 lorsque celle-ci était venue lui rendre visite. C'est la dernière fois qu'elle l'avait vue vivante. À cette occasion, elle avait aussi parlé à son ancienne élève du célibat des prêtres, un sujet sur lequel la célibataire endurcie était curieusement du même avis que le curé de sa paroisse.

« Mademoiselle, je crois en définitive que vous aimez bien votre curé, comme on dit qui aime bien châtie bien. Je crois que les petites chamailleries dont vous me parlez le démontrent

— Florence, tu as sans doute raison. J'aime beaucoup son érudition, son éloquence et même son franc-parler. Il aurait fait un bon professeur s'il n'avait pas choisi d'embrasser la religion pour une déception amoureuse dans sa jeunesse.

— Vous qui êtes une inconditionnelle du célibat, votre position n'est-elle pas un peu surprenante ?

— Ma petite, ma conception du célibat n'est en rien contradictoire avec l'amour d'un homme et d'une femme. Pour des raisons que je n'ai jamais vraiment cherché à approfondir, je suis viscéralement éprise de liberté. La liberté totale à laquelle j'ai toujours aspiré est pour moi incompatible avec une vie de femme mariée et de mère de famille.

— Vous ne regrettez pas de ne pas avoir eu d'enfants ? Pourtant, lorsque vous évoquez votre neveu, vous en parlez comme s'il était votre fils.

— Ce doit être la fibre maternelle qui est en toute femme. Comme tu le sais, j'ai toujours considéré mes élèves un peu comme mes enfants. Tu en es l'exemple.

— C'est vrai. Donc, vous êtes contre le célibat des prêtres.

— Absolument. Sur ce point, je suis tout à fait en accord avec l'abbé Joubert. Comme tu le sais peut-être, pour l'Église catholique le célibat des prêtres est une règle très ancienne rendue obligatoire par le Concile de Latran au XIe siècle. Avant, ils pouvaient se marier et fonder une famille. C'était surtout vrai pour les hauts dignitaires religieux, même des papes ont été mariés et ont eu des enfants. Cette interdiction est à l'origine de comportements déviants à caractère sexuel. C'est toujours vrai aujourd'hui, avec des actes de pédophilie en particulier. Au Moyen Âge, l'Église préconisait la sodomie des enfants, les garçons de préférence, comme méthode de contraception lors des épisodes de famine qui ne permettaient pas de nourrir une famille nombreuse.

À croire que cette recommandation est devenue un précepte.

— Je partage votre opinion et je ne comprends pas pourquoi l'Église romaine s'arc-boute sur cette interdiction, alors que d'autres églises sont plus libérales.

— Pourtant, la contestation s'est toujours manifestée. Tu te souviens de l'histoire des possédées de Loudun ?

— Oui bien sûr. Quelle terrible histoire. Je crois qu'elle était en réalité plus politique que religieuse.

— Effectivement Florence. Le cardinal de Richelieu avait lancé une véritable chasse aux sorcières contre le prêtre catholique Urbain Grandier. Accusé d'avoir pactisé avec le diable, celui-ci avait vu son nom évoqué par les sœurs du couvent des Ursulines assurément possédées par le démon lors de leurs crises de délire. Cette affaire de diablerie à Loudun était l'occasion d'un véritable défoulement des foules lors des séances d'exorcisme des religieuses qui avaient lieu en public. Il ne faut pas oublier que Loudun se trouvait à la frontière entre la France catholique et le bastion protestant incarné par La Rochelle qui s'imposait comme centre politique et militaire du protestantisme. Par ailleurs, à l'époque, Richelieu alors premier ministre faisait construire à proximité de Loudun une nouvelle ville portant son nom, Richelieu, afin d'affirmer son autorité.

— Il faut dire qu'Urbain Grandier avait publié un violent pamphlet contre le cardinal. En outre, il s'opposait fermement à la destruction des murailles de la ville de Loudun ordonnée par Louis XIII et son premier ministre. En effet, la ville abritait un grand nombre de protestants. Henri IV leur avait permis d'avoir des places fortifiées, mais à la suite des Guerres de religion, les murailles de certaines de ces villes furent détruites. Urbain Grandier s'était mis en travers d'un magistrat de Bordeaux envoyé pour surveiller les travaux de démantèlement et il voulait empêcher le transfert vers la ville nouvelle du grenier à sel de Loudun. La tolérance d'Urbain Grandier à l'égard des protestants et ses critiques envers le cardinal jouèrent en sa défaveur. En outre, il avait la réputation d'être un séducteur. Ses frasques étaient connues et dénoncées. Deux jeunes filles de Loudun s'étaient trouvées enceintes de ses œuvres et l'une d'elles vivait chez lui. Son évêque l'avait alors frappé d'une interdiction d'administrer les sacrements.

— Et tout cela s'est bien mal terminé pour lui.

— Effectivement. Lors de la perquisition de son domicile, le manuscrit de son « *Traité sur le célibat des prêtres* » a été saisi et il a fait partie des pièces à charge. Urbain avait écrit ce texte dans l'espoir qu'il pourrait se marier avec Madeleine de Brou, une pieuse catholique dont il était tombé amoureux. Arrêté en décembre 1633, la condamnation à mort de Grandier a été prononcée dans la salle capitulaire de l'église Saint-Hilaire du Martray en août 1634. Summum symbolique de la haine déversée contre lui, contrairement l'usage il ne fut pas étranglé avant d'être brûlé vif sur le bûcher. De plus, il n'eut pas droit à une sépulture, car ses cendres furent dispersées au vent.

— Esprit rebelle et caustique, l'abbé Benoît Joubert a quelques similitudes avec Urbain Grandier dont il défend la mémoire dans ses prêches au point de parler en son nom à la première personne.

— Mademoiselle, par ses allusions au moine philosophe Abélard, au moine d'Abrissel, ou encore au prêtre Urbain Grandier, l'abbé Joubert semble avoir une réelle prédilection pour d'illustres personnages religieux qui ont tous un point commun : une relation charnelle avec des femmes. Il apparaît même qu'il s'identifie à eux. Il est quelque peu surprenant qu'il ait fait le choix d'entrer dans les ordres.

— En réalité, son entrée au grand séminaire s'est faite sur un coup de tête, mais selon lui il y a rencontré Dieu. Désormais, il veut vivre dans la foi et l'amour d'une femme. Il considère que ce n'est absolument pas inconciliable.

— Aurait-il une compagne ?

— Effectivement, il en a une.

— Comment savez-vous cela Mademoiselle ?

— Je suis plutôt bien placée pour le savoir puisqu'il entretient une relation avec Juliette, l'une de mes deux pensionnaires.

— Et ça ne vous choque pas ?

— Non puisque je suis contre le célibat des prêtres. Et puis, après tout, selon l'Évangile de Philippe Jésus avait une compagne, Marie-Madeleine.

— Alors là Mademoiselle vous m'étonnez un peu. Vous qui êtes une dévote et une célibataire convaincue, vous semblez vous accommoder d'une situation pour le moins pas très catholique.

— Tout à fait Florence. Je vous ai dit que ma conception personnelle du célibat est fondée sur un besoin viscéral de liberté : pas de mari, pas d'enfants. Je considère que rien ne peut empêcher un prêtre d'aimer une femme et même de se marier avec elle, c'est dans la nature des choses. L'amour de Dieu n'a rien à voir là-dedans.

— Je partage votre avis sur le célibat des prêtres, c'est anachronique. Dites-moi, il y a une grande différence d'âge entre votre pensionnaire et votre curé.

— Comme Héloïse et Abélard, ils ont une quinzaine d'années de différence.

— Vous me dites cela sur un ton joyeux, comme si vous étiez enchantée de cette relation qui a peut-être lieu sous votre toit.

— Absolument. Il n'est pas rare que Benoît passe la nuit ici avec Juliette.

— Cela ne pose pas de problème avec l'autre pensionnaire et votre gouvernante ?

— Non, pas du tout. Ma maison est grande. L'abbé dispose d'une chambre au deuxième étage. Depuis quelques jours ce sont les vacances scolaires d'été, Juliette est partie dans sa famille à Nantes avec Benoît. D'après ce qu'ils m'ont dit, ils vont s'offrir une semaine de vacances en Italie, Rome est bien sûr au programme. Vous savez, ils sont adorables tous les deux.

— Benoît Joubert me paraît aussi rebelle qu'Urbain Grandier et vous, Mademoiselle, je pense que vous aimez bien les rebelles.

— Florence, vous ne croyez pas si bien dire. Je suis une rebelle, mais une rebelle qui se contrôle ».

Lorsque Florence Bertholet a eu cette conversation avec Mademoiselle Imbert, elle ne pouvait pas imaginer que celle qui lui avait fait des confidences pour le moins surprenantes allait être sauvagement assassinée quelques mois plus tard à son domicile angevin.

*
**

Le 27 décembre 2018, le surlendemain du jour de Noël, Anne-Marie Imbert était invitée à déjeuner chez un couple d'amis, Paulette et Marcel Ricardier, qu'elle rencontrait régulièrement à l'église Sainte-Madeleine. Elle s'était prise d'amitié pour ces braves gens qui ont travaillé dur leur vie durant pour jouir d'une retraite bien méritée. Fermiers, ils ont été éleveurs de chèvres et produisaient des fromages qui faisaient le délice de Mademoiselle Imbert gourmande de nature. De l'activité de ses parents, elle avait toujours gardé un grand attachement à la terre et à ceux qui y travaillent pour nourrir la population.
Lorsque Paulette et Marcel lui avaient confié leur intention de vendre leur exploitation pour prendre leur retraite, elle avait envisagé de leur acheter la parcelle de terrain inculte sur laquelle subsiste une chapelle du XIIe siècle, vestige d'un domaine seigneurial disparu. La pieuse historienne avait eu un

coup de cœur pour ce modeste patrimoine religieux qui a traversé les siècles. Sa mort ne lui a pas permis de concrétiser ce projet qu'elle avait différé pour une curieuse raison : les propriétaires voulaient lui en faire donation, ce qu'elle refusait catégoriquement sans une contrepartie de sa part. Cette mésentente de principe allait être aplanie par l'engagement formel d'Anne-Marie Imbert de restaurer et d'entretenir ce petit lieu de culte. Elle était invitée à déjeuner chez les Ricardier pour sceller cette promesse avant de l'acter devant le notaire.

Le jeudi 27 décembre, alors que le rendez-vous était fixé à 12 h 30, ne voyant toujours pas leur invitée arriver Paulette lui avait téléphoné à plusieurs reprises sans obtenir de réponses. Après avoir attendu encore une demi-heure environ, Marcel s'était rendu au domicile d'Anne-Marie. Il eut beau sonner, il n'obtint aucune réponse. Très inquiet, il s'était renseigné dans le voisinage : personne n'avait vu Mademoiselle Imbert depuis la veille en fin de matinée lorsqu'elle était allée chercher sa baguette de pain à la boulangerie du quartier.

De retour à son domicile, sur l'insistance de sa femme, Marcel décida de prévenir la police et de retourner sur place pour les attendre.

À leur arrivée, les policiers constatèrent que la porte d'entrée était verrouillée. Marcel les informa de l'existence d'une boîte à clés fixée à l'extérieur dans un endroit discret. Il s'agit d'une sorte de petit coffre-fort avec une fermeture protégée par un code à quatre chiffres qui permettait de conserver en sécurité les clefs de la maison. Cela donnait la possibilité aux personnes autorisées, ce qui n'était pas le cas du couple Ricardier, d'accéder au domicile de Mademoiselle Imbert. Les agents de police durent faire appel à un serrurier pour ouvrir le coffre qui contenait effectivement une clé de la porte d'entrée.

Marcel Ricardier fut autorisé à entrer dans la maison, mais prié de rester dans le vestibule.

En pénétrant dans le salon, les deux policiers ne virent rien d'anormal de prime abord. Aucun désordre qui aurait pu révéler une lutte ou un cambriolage. Mais, en avançant vers l'escalier menant à l'étage, c'est une scène d'horreur jusque-là masquée par les mobiliers qu'ils découvrirent

Au pied de la première marche, le corps de la propriétaire gisait dans une mare de sang. Allongée sur le dos, la victime avait été lardée de coups de couteau dans la poitrine et l'abdomen et ses yeux étaient crevés. Le déchaînement de violence dont a fait preuve l'agresseur pouvait laisser supposer qu'il connaissait la victime et qu'il a agi sous le coup d'une colère aveugle. Les yeux crevés pouvaient aussi avoir une signification : soit dans sa folie meurtrière l'assassin ne voulait pas que la malheureuse l'identifie, soit elle avait vu ce qu'il ne fallait pas qu'elle voie.

Pendant que l'un des deux policiers montait aux étages en évitant de polluer la scène de crime, le deuxième était revenu vers Marcel Ricardier pour lui annoncer que son amie avait été assassinée. Il l'invita à rentrer chez lui, non sans lui avoir signifié qu'il serait entendu plus tard. La priorité était de faire intervenir rapidement les techniciens de la police technique et scientifique afin de collecter tous les éléments utiles à l'enquête, avant que le corps soit transporté à l'institut médico-légal du CHU d'Angers pour y être autopsié.

La première impression des policiers a été qu'Anne-Marie Imbert connaissait probablement son agresseur et qu'elle lui a ouvert la porte d'entrée après l'avoir identifié à l'interphone vidéo. Ils ont plutôt écarté l'hypothèse que l'assassin ait pu utiliser la clé placée dans la boîte extérieure pour la remettre en place après avoir commis son forfait.

*
**

Les enquêteurs ont donc commencé par s'intéresser à l'entourage de la victime. Le neveu a bien sûr été le premier visé et il l'est toujours, même s'il a fourni un alibi solide pour le jour du meurtre. La gouvernante l'est aussi, ainsi que les deux étudiantes qui étaient en demi-pension chez Mademoiselle Imbert. Pourtant, toutes les trois étaient absentes du domicile de leur logeuse à l'occasion des fêtes de fin d'année. Que s'est-il donc passé là, en ce soir du 26 décembre 2018 ?

Comme elle en avait l'habitude depuis qu'elle était à la retraite, Anne-Marie Imbert avait invité

Édouard, son neveu, au restaurant pour le réveillon de Noël. Il était accompagné de l'une de ses conquêtes récemment divorcée pour cause d'infidélité. Il avait bien sûr caché cette situation à sa tante en l'assurant qu'avec Béatrice âgée de trente-sept ans, comme lui, c'était du sérieux.

Le trio avait fêté le réveillon sur une péniche-restaurant amarrée devant le château d'Angers, sur la rive opposée, du côté du quartier de la Doutre.

Si Mademoiselle Imbert était vertueuse, elle n'en était pas moins épicurienne, du moins pour ce qui concerne les plaisirs de la table. Comme elle n'était pas très douée pour la cuisine, elle se fiait à sa gouvernante qui était un véritable cordon bleu. Les deux femmes ne se privaient pas de bons repas aux mets raffinés que les jeunes demi-pensionnaires partageaient le soir.

Selon les déclarations du neveu, il avait raccompagné sa tante à son domicile vers une heure du matin, mais il n'était pas rentré chez elle. Puis, il était retourné à son appartement avec Béatrice, ce que celle-ci avait assuré.

S'agissant des locataires et de la gouvernante, elles étaient dans leur famille, ce que leurs proches ont confirmé.

*
**

Une huitaine de jours après l'assassinat de Mademoiselle Imbert, Florence Bertholet est venue, en compagnie de son mari et de leur fille Jade, lui rendre un dernier hommage lors de la cérémonie religieuse d'adieu au crématorium d'Anjou Montreuil-Juigné. Selon le neveu, le seul héritier direct, sa tante lui avait confié sa volonté d'être incinérée à sa mort. Le légiste ayant remis son rapport, après quelques jours de délai pour s'assurer qu'une nouvelle expertise médico-légale n'était pas nécessaire le juge d'instruction en charge de l'affaire avait donné son accord pour la crémation.

C'est Benoît Joubert qui a présidé à la bénédiction d'obsèques de la défunte. Des anciens élèves et collègues de Mademoiselle Imbert étaient présents et certains ont lu des messages touchants la concernant. Paulette et Marcel Ricardier assistaient aussi à la cérémonie d'adieu de leur amie dont les cendres ont été dispersées au jardin du souvenir du cimetière Saint-Léonard.

Florence a été surprise de l'intervention religieuse du prêtre défroqué normalement interdit d'administrer des sacrements. Elle a aussi été choquée par l'attitude désinvolte du neveu qui ne paraissait pas particulièrement affecté par la disparition tragique de sa tante.

Florence a pu échanger avec l'administrateur du château d'Angers qui l'avait informée de la date et du lieu de la cérémonie d'obsèques de Mademoiselle Imbert. Il lui a fait part de sa consternation face à ce crime odieux.

*
**

Vers la fin mars 2019, le couple Bertholet a reçu la visite de deux inspecteurs de police.

« Nous vous remercions d'avoir accepté de nous recevoir. Nous souhaitons vous entendre dans la mesure où vous étiez une amie de la victime qui avait vos coordonnées dans son carnet d'adresses. Ce matin même, à Saumur, nous avons rencontré une personne qui a aussi été l'une de ses élèves et qui avait gardé des contacts avec elle.

— Est-ce que je fais partie des personnes suspectées ?

— Non Madame Bertholet. Vous n'êtes pas sur la liste. Nous souhaitons vous entendre comme témoin.

— Sur la liste. Il y en a donc plusieurs suspects ?

— Oui, mais là n'est pas la question. En venant vous interroger, nous cherchons à en savoir plus sur Madame Imbert et ses relations.

— Mademoiselle, a corrigé Florence. Bon, même si elle tenait à ce qu'on l'appelle ainsi, à présent cela n'a plus d'importance.

— Vous la connaissiez depuis longtemps ?

— Depuis ma scolarité au collège de Saumur, elle était ma professeure d'histoire et géographie. C'est elle qui est à l'origine de ma vocation d'historienne.

— Quel est votre emploi.

— Docteure en histoire et histoire de l'art, je suis rattachée à la Direction régionale des affaires culturelles Pays de la Loire. Je suis aussi missionnée par le ministère de la Culture pour des actions ponctuelles de valorisation du patrimoine appartenant à l'État, en particulier les châteaux de la Loire.

— Et vous Monsieur Bertholet, quelle est votre activité ?

— Je dirige une société qui assure des installations de sonorisation, d'éclairage, d'audiovisuel et de structures scéniques

— Madame Bertholet, pour revenir à Madame Imbert que pouvez-vous nous dire de sa personnalité ?

— Célibataire, elle voyageait beaucoup. Sa culture était immense. Elle était très appréciée de ses élèves et de ses collègues. D'ailleurs, ils étaient nombreux à la cérémonie d'adieux au crématorium.

— Vous étiez donc présente à la cérémonie ?

— Oui, avec mon mari et ma fille.

— Vous n'avez rien remarqué de particulier à cette occasion ?

— J'ai été un peu surprise que l'ex-abbé Benoît Joubert fasse la bénédiction.

— Pourquoi ?

— Il a été déchu de son état ecclésiastique. Il a été défroqué par l'évêque d'Angers à la suite d'une dénonciation pour non-respect du célibat.

— Il connaissait Madame Imbert ?

— Oui. Il était son confesseur et il partageait tout les deux le même intérêt pour l'histoire en générale et la théologie en particulier. Une fois, au domicile de Mademoiselle Imbert, j'ai assisté entre eux à une passe d'armes sur un point d'histoire, c'était passionnant.

— Ils se disputaient ?

— Non, non. C'étaient simplement deux érudits aux caractères bien trempés qui s'affrontaient amicalement.

— Que pouvez-vous nous dire de cet abbé défroqué ?

— Je ne l'ai rencontré qu'une fois, chez Mademoiselle Imbert comme je viens de vous le dire et je l'ai juste salué à la cérémonie d'adieux.

— Vous me disiez qu'il a été défroqué pour non-respect du célibat : vous connaissez le nom de la femme qu'il fréquente ?

— Oui, il s'agit de Juliette, l'une des pensionnaires de Mademoiselle Imbert. J'ignore son nom de famille.

— Comment avez-vous eu connaissance de cette relation ?

— C'est Mademoiselle Imbert qui me l'a dit lorsque nous nous sommes rencontrés chez elle pour la dernière fois au mois de juillet dernier. Elle m'a beaucoup parlé de ce couple improbable. Elle m'a étonné en se disant favorable à une union alors qu'elle était très croyante et très attachée à son état de célibataire.

— Il n'y avait donc pas de conflit entre eux sur ce sujet.

— Non. Pas du tout. Ils étaient l'un et l'autre contre le célibat des prêtres.

— Dans l'entourage de la victime, voyez-vous quelqu'un qui aurait pu lui en vouloir ?

— Non. Pour moi, son assassinat est aussi horrible qu'incompréhensible.

— Pourtant, il semble bien que quelqu'un de son entourage lui en voulait au point de la massacrer.

— De son entourage ? Vous pensez donc que c'est un proche qui a commis cet acte monstrueux ?

— À ce stade de l'enquête, oui. Connaissez-vous Édouard Imbert, le neveu de la victime ?

— Non. Je lui ai juste présenté mes condoléances lors de la cérémonie d'adieux. Il ne m'est pas apparu comme une personne intéressante. Je l'ai trouvé superficiel, pour ne pas dire désinvolte. Pourtant, je sais que sa tante le choyait.

— Vous a-t-elle parlé d'un différend entre eux ?

— Non. Elle n'approuvait pas la vie qu'il mène, mais elle lui pardonnait tout.

— La vie qu'il mène ?

— Oui, son oisiveté et ses conquêtes féminines.

— Il n'y avait pas de problèmes d'argent entre eux.

— Elle était très généreuse avec lui. Il était son héritier. Elle m'avait confié l'avoir couché sur son testament. Vous pensez qu'il pourrait avoir voulu précipiter l'héritage ?

— C'est ce que nous vérifions bien sûr, mais à ce stade de l'enquête rien ne permet de le dire.

— Et l'abbé Joubert ?

— Il fait bien sûr parti des suspects, mais pour le moment nous n'avons rien trouvé qui puisse l'incriminer. Il a été sanctionné par l'Église pour ses prises de position, ses prémonitions apocalyptiques et son non-respect du célibat, mais pour le moment la justice civile n'a rien à lui reprocher.

— Sauf que ses prédictions se sont peut-être réalisées.

— À quoi pensez-vous, Monsieur Bertholet ?

— À l'incendie du château.

— Ce prêtre est un personnage bien singulier, mais une fois encore rien ne permet de le mettre en cause. Monsieur Bertholet donnez-moi votre sentiment sur Édouard Imbert.

— Comme ma femme, je pense qu'il n'est pas une personne intéressante. S'il fait figure de suspect, je ne vois pas l'intérêt qu'il aurait eu à assassiner sa tante de façon aussi horrible, dès lors qu'elle se montrait très généreuse à son égard et qu'il était son unique héritier.

— Vous savez, les problèmes d'argent peuvent être source de conflits pouvant aller jusqu'au meurtre. Madame Bertholet, votre amie vous aurait-elle parlé d'une discorde avec son neveu à ce sujet.

— Pas du tout. Même si elle n'appréciait pas ses frasques sentimentales, elle l'aimait beaucoup et je crois que la réciproque était plutôt vraie. En définitive, vous n'avez aucune piste sérieuse pour identifier l'auteur de ce crime abominable.

— On ne peut rien vous cacher. C'est la raison pour laquelle nous avons entrepris d'interroger toutes les personnes qui, de près ou de loin, connaissaient la victime. Nous espérerons qu'elles nous fourniront des informations qui feront avancer l'enquête en cours. Nous allons arrêter là cette audition, mais si quelque chose pouvant la faire avancer vous venait à l'esprit, je vous laisse mes coordonnées. N'hésitez à me contacter ».

*
**

Les policiers partis, Florence a interrogé son mari pour connaître son avis sur cette affaire criminelle.

« Olivier, toi qui es un grand amateur d'énigmes policières, tant par tes lectures que par ton assiduité à suivre des émissions à la télévision, comme « Faites entrer l'accusé » et « Les enquêtes impossibles » de Pierre Bellemare : quel est ton sentiment ?

— Je pense que les enquêteurs disposent d'éléments médico-légaux relevés sur la scène de crime et ceux fournis par l'autopsie. Ils en ont certainement de nombreux, mais ils ne leur permettent pas encore de mettre en accusation qui que ce soit, car pour cela il leur faut des preuves. Leur enquête de terrain devrait aussi renforcer leur faisceau de présomptions qui va finir par leur désigner le ou les coupables. Pour les aider dans leurs analyses, peut-être s'appuient-ils sur Anacrim, un logiciel spécialisé dans les enquêtes criminelles. Cela devrait leur faire gagner du temps.

— Pour le moment, ce ne semble pas être le cas.

— À mon avis, ils ne disposent pas des preuves suffisantes pour mettre en examen un coupable présumé, mais ils doivent avoir une petite idée.

— Édouard Imbert fait figure de coupable tout désigné. Son mobile pourrait être d'avoir voulu anticiper l'héritage. Mais pourquoi aurait-il tué sa tante avec un tel acharnement et en lui crevant les yeux ?

— Un tel acharnement est souvent le fait d'une personne proche de la victime. Il y a peut-être là un aspect psychologique qui pourrait être la honte. La honte d'avoir commis ce geste, mais aussi la crainte irrationnelle d'être reconnu par la victime si elle venait à survivre. Pour ma part, je pense qu'il ne faut pas se focaliser uniquement sur le neveu.

— Alors qui ?

— Le prêtre, l'abbé Joubert.

— Quel aurait été son mobile ? Je le vois mal commettre un meurtre aussi barbare.

— Il est vrai que cette hypothèse est difficilement imaginable. Toutefois, il pourrait être le commanditaire et pas le meurtrier.

— Mais pour quel mobile ?

— Il a pu suspecter Mademoiselle Imbert d'être le corbeau qui l'a dénoncé à l'évêque.

— Et tu penses que cela a pu justifier qu'il commandite un crime ? Je n'y crois pas.

— C'est vrai que cela reste au niveau de l'intuition, mais je ne désespère pas d'y voir plus clair. Je vais suivre cette affaire de près ».

À ce moment-là, Olivier Bertholet ne pouvait pas imaginer qu'un autre meurtre effroyable allait aussi mettre à contribution sa sagacité.

LA LISSIÈRE D'AUBUSSON

En novembre 2019, une femme d'une soixantaine d'années, Marthe Moreau, a été retrouvée décapitée dans la rue du Vollier, une voie piétonne étroite et pavée qui relie le parvis de la cathédrale Saint-Maurice à la promenade du Bout-Du-Monde sur laquelle ouvre l'entrée du château d'Angers. Le corps a été découvert au niveau des entrées de deux communautés religieuses : les Frères de Communauté Saint-Maurice, côté pair, et les Filles charité du Sacré-Cœur de Jésus, côté impair.

Les Frères de la Communauté Saint-Maurice sont une communauté unique en son genre. Ils sont en effet les seuls moines bénédictins de France à vivre dans une communauté mixte, composée d'hommes et de femmes. Cette particularité est le fruit d'une réflexion longue et approfondie sur la vocation monastique. Les moines de la communauté estiment que la vie monastique peut être vécue de manière authentique et féconde par des hommes et des femmes, ensemble. Ils constituent une communauté ouverte qui accueille volontiers les visiteurs. Ils proposent des visites guidées du monastère, ainsi que des retraites et des sessions de formation. La communauté est également engagée dans des actions de solidarité et d'évangélisation. Elle accueille des jeunes en difficulté, et elle participe à des projets de développement dans les pays du Sud.

La congrégation de Filles charité du Sacré-Cœur de Jésus a été fondée en 1823 par Jean-Maurice Catroux, curé de La Salle-de-Vihiers au sud de Chemillé-en-Anjou, et Rose Giet, native de cette commune des Mauges ravagée par les Guerres de Vendée. Elle a connu les méfaits de la Révolution dans sa propre famille et les fermes avoisinantes. En 1794, la mère Giet a recueilli une fillette laissée pour morte sur le corps massacré de sa mère et l'a élevée avec ses enfants. Cette charité maternelle, Rose l'a vécu au quotidien. Elle a vu aussi l'école de La Salle de Vihiers détruite, l'église en partie incendiée et les difficultés et les misères qu'entraînent toujours les guerres. Devenue adulte, elle a eu le souci des nécessiteux et des vieillards de la paroisse.

En 1821 est arrivé à la Salle de Vihiers, un jeune prêtre du Saumurois : Jean Maurice Catroux né aux Rosiers en 1794. Ordonné deux ans auparavant, il prit la mesure des besoins de sa paroisse au plan de l'éducation et des soins à donner aux malades. Il voulut établir une petite communauté locale qui assurerait la scolarisation des enfants et visiterait les malades. Il chercha quelqu'un d'assez généreux pour lui venir en aide, mais on refusait de le soutenir, car il manquait des ressources financières indispensables à un tel projet.

Or, Rose Giet vivait à la ferme La Fouquette, non loin de l'église paroissiale. Elle avait déjà renoncé à toute idée de mariage et formait des projets de vie chrétienne, toute consacrée à l'exercice de la charité envers les pauvres.

L'abbé Catroux fit donc appel à Rose dont il avait perçu la foi et le dévouement.

Avec Rose Giet devenue sœur Marie, il fonda la congrégation des Filles de la Charité du Sacré-Cœur de Jésus.

Ce meurtre abominable perpétré à proximité immédiate de deux communautés religieuses dévouées et bienfaisantes est particulièrement perturbant. Était-ce le hasard ou le meurtrier a-t-il délibérément fait ce choix justement pour choquer et signifier le caractère religieux de son geste ? Pour les enquêteurs le choix du lieu de l'assassinat n'est pas fortuit et il renforce la piste d'un attentat islamique.

*
**

Marthe Moreau habitait avec son mari, Robert, rue Vauvert, dans le quartier de la Doutre situé face au château, sur la rive nord de la Maine. Pour elle, cette localisation n'était pas le fruit du hasard, car elle résidait non loin du Musée Jean-Lurçat et de la tapisserie contemporaine.

Lissière de profession, Marthe avait fait toute sa carrière à Aubusson, ville de la Creuse réputée depuis le VIe siècle pour la qualité de ses tapisseries tissées avec des fils de trame colorés passés à la navette entre des fils de chaîne tendus sur un métier à lisses. Titulaire d'un diplôme des Métiers d'Art, arts textiles, elle avait occupé des postes de création et de restauration de tapisseries à l'atelier Tabard, l'un des trois ateliers qui ont réalisé, entre 1957 et 1966, Le Chant du Monde, l'œuvre maîtresse de Jean Lurçat. Sur les dix tapisseries, l'atelier de la famille Tabard en a tissé huit.

Comme peintre, Jean Lurçat s'est illustré dans des domaines très variés : fresque, vitrail, céramique ou encore comme décorateur de théâtre, et bien sûr peintre-cartonnier de tapisseries destinées à être tissées.

C'est à Angers que Jean Lurçat a découvert « L'Apocalypse », cette imposante tenture de plus de 720 m2 réalisée au Moyen Âge. Tissée en fils de laine de couleurs vives, mêlés à l'origine à des fils plaqués d'or en certains endroits, elle est un chef-d'œuvre de l'art de la tapisserie dite « de lisse ». Ce fut pour lui une révélation. Il fut enthousiasmé par l'extraordinaire puissance lyrique de cette création et par l'économie de moyens employée pour sa réalisation : une vingtaine de nuances de couleurs seulement. Il revint de cette visite plus persuadé que jamais que sa méthode de tons comptés était la bonne. Il fut aussi convaincu dans l'idée que la tapisserie est un art monumental qui doit voir et vivre grand, comme la fresque.

Aux prémices de la Seconde Guerre mondiale, l'artiste s'est préoccupé de ses rapports avec l'Homme. L'Apocalypse lui inspira une vision qui ne se concrétisera que des années plus tard avec la conception de son œuvre majeure. « *Cet extraordinaire magma de terreurs de prévisions, de cataclysmes, d'hommes fauchés par l'adoration et la prière ; ces tendresses et ces massacres de L'Apocalypse, voilà qui m'apparut comme une démonstration que la peinture peut, et sans doute doit, plonger jusqu'au cou dans les passions, les espoirs, les misères et l'anticipation des hommes.* »

En 1955, Jean Lurçat a aussi écrit ce qui suit au sujet des éléments de la tenture de L'Apocalypse qu'il a découverts en 1937, alors qu'ils étaient présentés au palais épiscopal et dans la nef de la cathédrale Saint-Maurice d'Angers : « Il me faut tenter de la décrire cette nappe, de la situer par rapport à nous, hommes de 1955. *Je l'avais, comme tant d'autres, découverte très tard, c'était en 1937, en ce mois de juillet lourd de présages. Ainsi furent imposées d'emblée à mon esprit ces étranges correspondances avec les drames qui furent ceux de notre jeunesse, ces enfers de 1914-1918 et puis ceux de notre âge mûr. Souvenez-vous ! De grandes langues de feu traversaient le ciel, Varsovie brûlait, Rotterdam brûlait, Belgrade brûlait, Leningrad brûlait, les routes de l'Occident et de l'Orient de l'Europe pullulaient de tribus en panique, Coventry brûlait, 200 millions d'Européens grelottaient de faim dans l'esclavage, et puis enfin, couronnant le tout, dans un éblouissement blafard, l'abominable vénéneux d'Hiroshima.*

Nous vivions, il faut bien en convenir, en ces jolis mois de 1937-1938, sur un beau volcan ! Et certains d'entre nous, qui avaient vu dès 1936, ne pouvaient lire sans que leur gorge se serrât.

Écrivez donc les choses que vous avez vues et celles qui sont maintenant et celles qui doivent arriver ensuite. » [...] Oui nous avions, en ce juillet 1937, sans trop en prendre conscience, déchiffré sur les murs de cette salle blafarde et sur ces grands linges armoriés les grandes lignes de notre tout proche destin. L'heure en effet allait sonner où toutes les villes de notre monde trembleraient [...] Nous descendions aux Enfers. Nous en touchions déjà les portes. Les meilleurs se refusaient à croire que l'Apocalypse fut possible, que 500 millions d'hommes seraient amenés à s'entr'égorger. »

En 1956, Jean Lurçat décida de relever le défi lancé en ces termes par son ami Jean Cassagnade : « *Ces tapisseries du Moyen* Âge *sont un témoignage de cette époque. Alors, pourquoi ne pas faire une Apocalypse des temps présents ? Et si L'Apocalypse d'Angers fait 750 mètres carrés, il nous faut au moins en faire 1000.* »

La même année, Jean Lurçat épousa Simone Selves, sa compagne de la Résistance pendant la Seconde Guerre mondiale.

En 1957, il commença La Joie de Vivre qui deviendra Le Chant du Monde, un ensemble de tapisseries tissées, à son compte, dans les ateliers Tabard, Goubely et Picaud à Aubusson. Il lança ensuite le tissage de l'ensemble La Grande Menace qui comprend : La Bombe atomique (4,40 × 9 m), L'Homme d'Hiroshima (4,40 × 2,90 m) et La Fin de Tout (4,40 × 2,25 m).

Il édita et illustra un recueil de ses poèmes intitulé « Domaine ». En 1958, il composa la suite du Chant du Monde. Il fit tisser La Tenture des Soleils qui comprend : L'Homme en Gloire dans la Paix (4,40 × 13,20 m) et L'Eau et le Feu (4,40 × 5,90 m).

En 1965, Jean Lurçat séjourna en Grèce et au Mexique. À son retour, il composa Ornomentos Sagrados (4,40 × 10,50 m), la dixième tapisserie du Chant du Monde dont le tissage sera terminé après sa mort.

Le Chant du Monde recouvre sur 367 m² les murs de l'ancien hospice Saint-Jean, devenu Musée Jean-Lurçat depuis son acquisition en 1967 par la ville d'Angers.

L'œuvre maîtresse de Jean Lurçat est à la fois une vision poétique et symbolique du monde et le manifeste d'un artiste engagé issu d'une génération ébranlée par deux guerres mondiales. L'artiste y définit la place de l'Homme au sein de l'univers. C'est un message d'espoir et de paix émis dans un contexte marqué par la Guerre froide et la menace prégnante de la bombe atomique.

Conçu comme une version moderne de la tenture de l'Apocalypse exposée au château d'Angers, Jean Lurçat a souhaité que Le Chant du Monde soit présenté non loin de l'œuvre inspiratrice. En 1967, un an après son décès, la ville d'Angers fit l'acquisition de la tenture Le Chant du Monde auprès de son épouse afin de l'exposer à l'ancien hospice Saint-Jean.

En 1981 le Centre culturel et artistique Jean-Lurçat fut inauguré à Aubusson.

En 2001, n'ayant pas eu d'enfant, Simone Lurçat décida de confier, après sa mort, la gestion des œuvres et des archives de son époux conservées villa Seurat à Paris, à l'Académie des beaux-arts de l'Institut de France, à charge pour elle de créer la « Fondation Jean et Simone Lurçat » dont la mission sera de protéger et de faire rayonner l'œuvre de l'artiste. Depuis en 2009, l'Académie des beaux-arts est détentrice des droits patrimoniaux et du droit moral attachés à l'œuvre de l'artiste.

*
**

Titulaire d'un CAP, tout en poursuivant ses études Marthe Moreau avait participé comme lissière au tissage du dernier panneau du Chant du Monde. Ayant décroché un diplôme des Métiers d'Art, arts textiles, elle s'était ensuite spécialisée dans la restauration de tapisseries, toujours à l'atelier Tabard.

Le moment de la retraite arrivé, Marthe avait souhaité revenir en Anjou où elle était née aux Ponts-de-Cé. Son mari, Creusois d'origine, avait accepté de s'expatrier pour faire plaisir à sa femme, mais surtout pour lui permettre de rester aux contacts des œuvres auxquels elle avait apporté sa contribution.

C'est ainsi que le couple s'est installé dans le quartier de la Doutre, non loin de l'ancien hôpital Saint-Jean où la tapisserie flamboyante de Jean Lurçat est exposée.

Dans ce qui est l'œuvre de sa vie, Jean Lurçat n'a pas dérogé à la règle qu'il s'était fixée durant toute sa carrière artistique : parler de la paix, de la communion entre les peuples, en dénonçant sans relâche les désastres de la guerre. En choisissant un thème universel, le destin de l'Homme, sa place et son rôle, il n'a pas retenu l'exhortation et la symbolique religieuse qui prévalent dans les tapisseries de l'Apocalypse, même si des allusions religieuses ne sont pas absentes de son œuvre. Il a en fait exprimé le traumatisme qui subsistait de la Première Guerre mondiale et de la découverte des camps de concentration nazis lors de la Seconde, ainsi que l'angoisse que fait peser la menace de la bombe atomique pour l'Humanité. Les premières tapisseries du Chant du Monde ne sont pas sans évoquer la fin du monde, l'apocalypse.

Sur le plan artistique, Lurçat a participé au renouveau de la tapisserie française, grâce à une approche novatrice et à des motifs d'une richesse déconcertante et d'un symbolisme foisonnant. C'est dans une série de dix panneaux s'étirant sur 80 mètres que l'artiste conte son époque, tout en créant un miroir artistique tout autant que symbolique à la fameuse tenture de l'Apocalypse dont le message, bien que tissée au XIVe siècle, reste d'une troublante actualité. Toutefois, d'un naturel optimiste de Jean Lurçat a fini par dominer ses angoisses et ses mauvaises prémonitions. Dans les six panneaux qui suivent, il s'est éloigné des horreurs des conflits armés pour parler de l'espoir et de la beauté du monde. Des éléments comme « L'homme en gloire dans la paix », « Champagne » et « Poésie » rappellent que, malgré tout, l'humain peut encore trouver la voie d'une véritable communion avec la nature et les éléments. Un autre panneau, intitulé « La conquête de l'espace », prouve que l'artiste ne voyait pas d'un mauvais œil toutes les avancées technologiques.

Exposée au sein de l'ancien hôpital Saint-Jean, la suite de tapisseries du Chant du Monde brille d'un éclat particulier en dégageant une aura onirique et fascinante. Le message est clair et universel, mais il reste cependant auréolé de mystère quant à l'utilisation de certains symboles qui n'ont pas encore été totalement éclaircis, même par les plus éminents spécialistes du travail de l'artiste.

Marthe Moreau était prédestinée pour devenir guide au musée Jean-Lurçat et de la Tapisserie contemporaine du boulevard d'Arago à Angers.

Situé à deux pas de son domicile, il est un lieu de visite incontournable pour tous les amateurs de patrimoine et de culture.

Elle était aussi toute désignée pour participer à l'expertise de l'état des tapisseries de l'Apocalypse, mais aussi pour effectuer à Paris une mission secrète commanditée par le ministère de la Culture informé d'une découverte stupéfiante.

*
**

En 2016, l'État propriétaire de l'œuvre depuis 1905 a ordonné une véritable autopsie de la tenture de l'Apocalypse afin d'évaluer les effets de son exposition permanente dans une galerie du château d'Angers. Autrefois vifs, les rouges, bleus, verts et jaunes ont perdu de leur éclat sous l'effet de la lumière du jour durant environ quarante ans.

Ainsi, pour savoir comment se portait l'œuvre âgée de plus de 600 ans, le ministère de la Culture a ordonné ce diagnostic pour décider ce qui devait être entrepris comme restauration et garantir sa présentation au public pendant longtemps encore. Responsable scientifique de l'œuvre, la DRAC a donc prescrit un bilan complet de l'intégrité des tapisseries de l'Apocalypse. Il a été confié à un comité scientifique réunissant d'éminents spécialistes. Leur mission était de collecter des données actualisées sur l'état de conservation de la tenture et d'évaluer les conséquences d'un accrochage permanent.

Deux restauratrices, Marthe Moreau et une conservatrice de la DRAC des Pays de la Loire ont été chargées de réaliser ce diagnostic minutieux.

Pour ne pas dégarnir totalement la galerie restée ouverte au public, seuls quatre éléments choisis parmi les quelque soixante-dix que compte l'œuvre ont été décrochés du mur afin d'être auscultés centimètre carré par centimètre carré pour relever et quantifier tous les types de dégradations. Ils ont été déposés dans la réserve du château pour être dédoublés et subir un examen à la loupe. L'envers de la scène représentant « La moisson des élus » et « Le Sommeil des justes » a réservé aux spécialistes une grande surprise : les couleurs d'origine n'avaient pas subi les altérations de l'endroit. L'envers n'a pas uniquement révélé la beauté de couleurs originelles, mais aussi les différentes interventions de restauration effectuées. Pendant que l'une des restauratrices passait l'aspirateur pour récolter la poussière et la peser, Marthe Moreau repérait les parties retissées, ainsi que les techniques de repiquage avec de la laine neuve et des fils qui partaient dans tous les sens. Elle avait observé que beaucoup de réparations avaient été faites sur l'envers pour ne pas apparaître sur l'endroit. En comptant le nombre de fils de chaînes et de trames, l'ancienne lissière d'Aubusson avait découvert la technique de réalisation de ce chef-d'œuvre artistique et historique de l'époque de la Guerre de Cent Ans réalisé en seulement sept ans. Les explications de Marthe Moreau avaient particulièrement intéressé Florence Bertholet l'historienne de l'art qui compare la tenture de l'Apocalypse du château d'Angers aux fresques de la chapelle Sixtine à Rome

*
**

La mort dans des conditions atroces de Marthe Moreau a profondément bouleversé Florence Bertholet. Dès qu'elle en a été informée, elle s'est rendue à Angers pour s'entretenir avec Pierre Contepoint, l'administrateur du château, au sujet de cet acte barbare, mais aussi pour évoquer une découverte extraordinaire que la défunte venait d'authentifier

« Pierre, l'assassinat de Marthe à deux pas du château est incompréhensible. Avez-vous des informations à ce sujet ?

— Florence, je suis toujours sous le choc. Comment a-t-on pu s'en prendre ainsi à cette petite femme sans histoire qui nous captivait par son érudition sur tout ce qui concerne le tissage et la restauration des tapisseries.

— Elle aurait donc été égorgée ?

— Oui, ce qui est absolument inimaginable. Pour commettre un acte d'une telle sauvagerie, les enquêteurs considèrent qu'elle a été victime d'un châtiment à caractère religieux.

— Un châtiment à caractère religieux ?

— Oui et il pourrait être en rapport avec la tenture de l'Apocalyse et le Chant du Monde de Jean Lurçat.

— Mais pourquoi ?

— Marthe était directement concernée par ces deux œuvres qui évoquent la fin du monde. J'ai été entendu par les enquêteurs qui m'ont informé que le Parquet national antiterroriste a été saisi. La piste du terrorisme islamique est pour le moment privilégiée.

— Il y a eu une revendication ?

— Non, mais la police a eu connaissance de menaces visant les lieux de cultes catholiques et les croyants. Il pourrait s'agir de l'acte d'un terroriste solitaire radicalisé par la propagande de la mouvance islamiste qui préconise la terreur et l'apocalypse pour les impies qui offense l'islam.

— Le crime aurait donc une connotation religieuse ? De ce que j'en sais Marthe était très croyante, une véritable grenouille de bénitier même. Avec la passion de l'histoire médiévale, c'est ce qui la liait à Mademoiselle Imbert qui m'avait confié qu'elles assistaient ensemble à des offices en la cathédrale Saint-Maurice.

— C'est vrai. Elles étaient même des habituées des communautés religieuses à proximité desquelles le corps de Marthe Moreau a été retrouvé.

— Mademoiselle Imbert m'en a effectivement parlé. C'est l'abbé Benoît Joubert, son confesseur, qui les avait accompagnées pour visiter la communauté les Frères de Communauté Saint-Maurice. Il en a lui-même été un membre avant d'être nommé curé.

— Il fallait que l'assassin connaisse suffisamment bien Marthe et ses habitudes pour s'en prendre à elle. Elle ne portait pas sa foi sur son front. En raison de son rôle dans l'évaluation de l'état des tapisseries de l'Apocalypse sur laquelle elle donnait des conférences au château et sa fonction de guide-conférencière au musée Jean Lurçat, elle était connue du public et même des médias.

— L'assassin avait effectivement bien des occasions de la repérer et d'en faire une victime expiatoire. Il est un peu difficile de concevoir sa motivation profonde pour commettre cet acte aussi barbare.

— Florence, je pense que c'est ce qu'incarne la tenture de l'Apocalypse inspirée de la dernière partie du Nouveau Testament attribuée à saint Jean. Il y est décrit la fin du monde, la venue de l'antéchrist, le retour du Christ et l'établissement du Royaume de Dieu. Dans ce Livre, un peu avant la fin du monde l'adversaire du Christ doit prêcher une religion opposée à la sienne pour tenter d'empêcher l'établissement du Royaume de Dieu.

— Pierre, si ces considérations ont inspiré l'assassin, il doit avoir une solide culture religieuse.

— Pas forcément. La propagande islamiste s'inspire de cela, mais de manière assez simpliste.

— Et vous pensez que ce sont ces considérations quasi théologiques qui mènent les enquêteurs sur la piste de l'acte d'un islamiste radicalisé ?

— Je ne sais pas, mais pour eux le fait que la malheureuse a été décapitée porte la signature de Daech. C'est même la spécificité de cette organisation terroriste qui met soigneusement en scène ses exécutions et les diffuse même sur Internet. La décapitation est avant tout employée pour provoquer un effroi suprême. Il s'agit aussi pour eux d'encourager des apprentis djihadistes à les imiter.

— Les djihadistes veulent effectivement jeter l'effroi et provoquer la psychose pour parvenir à leurs fins. Ils tentent de justifier leurs exactions en invoquant le Coran. Dans deux sourates de ce livre sacré des musulmans, il leur est conseillé de frapper leurs adversaires au cou. Toutefois à aucun moment la décapitation n'y est préconisée. En revanche, elle apparaît dans l'Ancien Testament. Il est écrit que la veuve Judith feint de séduire le général Holopherne pour lui couper la tête dans son sommeil et sauver son peuple.

— C'est effectivement paradoxal. Florence vous êtes non seulement une historienne éclairée, mais je découvre que vous vous y connaissez aussi en théologie. Ou avez-vous appris tout ça ?

— C'est le fruit des conversations que j'ai eues avec Mademoiselle Imbert sur la question des intolérances religieuses. Elle a d'ailleurs suivi des cours de théologie à la Catho. Et depuis quelque temps je me suis documentée. J'ai même lu le Coran qu'un ami égyptien m'a été offert.

— Il me semble pourtant que le Christ occupe une place importante en Islam.

— Oui, mais elle est un peu particulière. Du moins, elle n'est pas celle que lui donne la chrétienté. Il y a là des divergences qui fondent les antagonismes.

— Je pressens que vous allez encore m'en apprendre.

— Tout d'abord, en Islam Allah n'a pas été engendré et n'a pas engendré. Cela signifie que l'Islam récuse radicalement la notion d'un Dieu père et Jésus n'est pas fils de Dieu, mais bien prophète et serviteur de Dieu. Selon le Coran, Jésus a été engendré de façon miraculeuse par Marie. Il est né par l'ordre d'Allah, de la même manière qu'Adam. Le Coran nie donc toute divinité de Jésus. Cependant, sa naissance particulière lui donne une place très spéciale et fait de lui un prophète à part dans l'Islam. Enfin, en Islam, Jésus n'a pas été crucifié, Dieu l'a sauvé de ses ennemis qui voulaient sa mort. Toujours selon le Coran, l'apparence physique de Jésus fut donnée à un autre homme qui aurait été crucifié à sa place.

— Et ces divergences justifient la persécution des chrétiens par les musulmans et les atrocités que commettent les islamistes ? Pourquoi tant d'intolérance ? De ce que j'ai entendu, le Coran ne le serait pas tant que ça.

— Pierre, je pense qu'il l'est. Dès les premières pages du Coran, j'ai été frappée par les imprécations répétées contre ceux qui ne croient pas à la religion d'Allah. Ils sont qualifiés de pervers, de criminels, de bestiaux. Ce n'est pas étonnant si des fous d'Allah s'en prennent aux impies et aux mécréants.

— Pourquoi s'en prennent-ils aux chrétiens qui, comme eux, vénèrent Jésus ?

— Les chrétiens associent Jésus à Dieu, c'est pour les musulmans un crime impardonnable qui fait dire à Allah : « Que Dieu les anéantisse ! » Il incite ses croyants à jeter l'effroi dans leurs cœurs, à frapper sur leur cou. D'innombrables versets réservent aux incrédules un châtiment terrible et ignominieux au moment du Jugement dernier. Ils seront conduits à la Géhenne, l'Enfer musulman, comme un troupeau à l'abreuvoir

— En fait, les extrémistes musulmans considèrent les chrétiens à la fois comme des croisés et des mécréants. Vieux souvenir des huit croisades que les chrétiens ont menées du XIe au XIIIe siècle pour délivrer des mains des musulmans, la Terre sainte, Jérusalem et les autres États chrétiens dans la région du Moyen Orient actuel.

— L'Islam dénonce le christianisme comme étant une religion « d'associateurs », car les croyants chrétiens associent un autre homme à Dieu, à savoir : Jésus. La haine envers les autres croyants est entretenue en interprétant souvent le Coran à mauvais escient. Cependant, il faut bien dire que le rejet des non-musulmans est omniprésent dans le Coran, mais aussi dans les Hadiths qui sont les recueils des actes et paroles de Mahomet. Comme il y a eu l'internationale communiste qui devait conquérir la planète avec une doctrine totalitaire, l'islamisme poursuit le même dessein politique. Dans le premier cas l'idéologie politique sert de vecteur, dans le second c'est l'idéologie religieuse. Le résultat est le même : l'asservissement.

— Florence, ces considérations ne sont guère réjouissantes dans le présent et l'avenir. Les démocraties et les libertés qu'elles garantissent sont bel et bien menacées.

— Oui et la stratégie des islamistes est de les déstabiliser par la terreur et la manipulation des esprits. Ils veulent créer le chaos, pour ne pas dire l'apocalypse, afin de détruire les sociétés occidentales et imposer le totalitarisme religieux. Il est donc bien possible que Marthe a pu être assassinée par un radicalisé solitaire puisqu'il n'y a pas eu de revendication. À ses yeux, elle était une impie et sa proximité avec des œuvres évoquant l'apocalypse ou la fin du monde permettait peut-être de faire passer un message.

— Je ne sais pas si les enquêteurs sont arrivés aux mêmes considérations, mais pour le moment peu de chose filtre de leurs investigations.

— Et le mari de Marthe, comment vit-il cette tragédie ?

— Je l'ai revu plusieurs fois. Pour lui, c'est l'incompréhension la plus totale. Malgré le soutien de ses deux enfants, il a beaucoup de mal à faire le deuil de sa femme morte dans de telles conditions. Un détail troublant a été relevé sur la scène de crime.

— De quoi s'agit-il ?

— Le nombre 666 semble avoir été tracé en lettres de sang sur la façade du bâtiment au pied duquel a été retrouvé le corps de Marthe.

— Vous dites semble. Ce n'est donc pas une certitude.

— Le foulard de Marthe a été retrouvé imbibé de son sang. D'une certaine façon, il aurait servi de pinceau pour former trois fois le chiffre 6, mais la précipitation et l'imprécision du geste ont abouti à un tracé approximatif.

— Pierre, vous pensez qu'il s'agit effectivement d'un message ?

— Oui, s'il s'agit bien du nombre 666. J'en ai d'ailleurs parlé aux enquêteurs qui sont restés un peu circonspects. Il est vrai que j'ai été incapable de leur dire le mot imprononçable qui se termine par phobie (*hexakosioihexekontahexaphobie*). Il exprime la peur du nombre 666. Cette peur tire son origine du verset 13:18 de l'Apocalypse de Jean.

— Je suis épatée par votre connaissance du Livre de la Bible.

— Florence, en tant que gardien des tapisseries de l'Apocalypse, il serait regrettable que je n'en connaisse pas précisément l'inspiration. Ce nombre est celui de la Bête de la Terre et il figure dans l'une des scènes de la tenture. Cette Bête est une créature mystérieuse associée à l'évènement majeur qu'est la fin du cycle cosmique de l'humanité actuelle. Elle est aussi mentionnée dans le texte coranique.

— Cela mène encore à la piste d'un attentat islamique que semblent privilégier les enquêteurs.

— Effectivement.

— À deux ans d'intervalle à peine, les meurtres barbares de deux ferventes catholiques pratiquantes ont de quoi inquiéter, d'autant qu'ils n'ont toujours pas été élucidés. Des amies de Mademoiselle Imbert avec lesquelles je suis toujours en contact m'ont récemment confirmé qu'une véritable psychose gagne la communauté chrétienne d'Angers. Les catholiques sont convaincus que c'est leur foi qui est visée. Marina Krapsy m'a dit en avoir parlé à son ministre qui a eu des échanges à ce sujet avec ses collègues de la Justice et de l'Intérieur. Cette situation inquiète beaucoup dans les hautes sphères de l'État. En parlant de Marina, je suis aussi venu vous parler de la formidable découverte faite dans une galerie d'art parisienne. Je veux bien sûr parler des fragments de la tenture de l'Apocalypse qui y ont miraculeusement été retrouvés. Il y a seulement quelques semaines Marthe Moreau et la conservatrice de la DRAC que j'avais recommandée à Marina en ont assuré l'authenticité. Marina vient de m'informer que le responsable du pôle textile au Laboratoire de recherche des monuments historiques a confirmé cette authenticité sur la base d'un examen des filets métalliques présents dans les tapisseries de l'Apocalypse.

— Oui, je me souviens des prélèvements qu'il a effectués lors de l'analyse de l'état de la tenture.

— Ce qui est formidable, c'est que les filets d'or et d'argent des fragments parisiens sont mieux conservés que ceux que l'on trouve dans les tapisseries exposées au château. Marina qui les a vus m'a dit qu'ils permettent de se faire une idée encore plus évidente de la magnificence de la tenture de l'Apocalypse telle qu'elle était à l'origine.

— Florence, j'ai hâte de voir cela. Il est bien prévu que ces fragments reviennent à Angers ?

— Oui, dans quelques mois je pense. Il faut régler les formalités de donation à l'État comme le propriétaire de la galerie en a exprimé l'intention, mais aussi rendre ces fragments présentables au public.

Malheureusement, Marthe n'aura pas eu la joie de les voir rejoindre au château le principal de la tenture de l'Apocalypse.

— Pourtant, elle aurait été toute désignée pour en faire la présentation au public et animer des conférences sur cette découverte extraordinaire ».

*
**

Tout a donc commencé à Paris, à la galerie d'art fondée par Charles Ratton, un ancien élève de l'École du Louvre né en 1895. Ce marchand d'art était connu dans le monde pour être un grand spécialiste des arts premiers.

Le confinement du printemps 2020 dû à la pandémie de la Covid 19 avait entraîné la fermeture de la galerie, le propriétaire en a donc profité pour effectuer un inventaire. Dans le tiroir d'un meuble de la réserve, il découvrit des fragments de tapisserie dont les motifs ressemblaient à de grosses fleurs agencées sur un tissu couleur pourpre. Sur un morceau était épinglée une note manuscrite portant la mention : « Fragments provenant d'une des célèbres tapisseries d'Angers. Acheté à Otto Wegener en 1924 ». S'agissait-il de fragments de la célèbre tenture de l'Apocalypse ? Conscient de l'incroyable découverte qu'il venait peut-être de faire, le marchand d'art contacta immédiatement le ministère de la Culture, propriétaire de la célèbre tenture. Marina Krapsy fut chargée de diriger une enquête discrète avant même d'informer l'administrateur du château d'Angers, cela afin d'éviter toute désillusion. Avec le concours de son amie Florence Bertholet, elle dépêcha à Paris deux experts de l'Apocalypse d'Angers, une conservatrice de l'œuvre à la DRAC des Pays de la Loire et Marthe Moreau. Avant leur déplacement à Paris, les deux spécialistes ont reçu par Internet des photos montrant des motifs de fleurons extrêmement similaires à ceux observés derrière un des personnages d'un élément de la tenture de l'Apocalypse, lequel est entouré de ces mêmes motifs végétaux. Cet élément fait partie de l'une des tapisseries de la tenture qui ont été décrochées et amenées en réserves en 2016, lors du constat d'état de l'œuvre auquel Marthe Moreau a participé. Les deux expertes ont donc analysé dans les moindres détails ces grandes fleurs si ressemblantes à celles qui dormaient dans la réserve de la galerie d'art parisienne.

Puis, à Paris, elles ont effectué des analyses comparatives du motif, des couleurs et du tissage des fragments qui montraient des similitudes confirmant leurs premiers espoirs. Avec un compte-fils, Marthe vérifia le nombre de fils de trame au centimètre, ce qui est un peu l'empreinte digitale d'une tapisserie, là aussi son verdict fut positif. Par précaution, un troisième expert responsable du pôle textile au Laboratoire de recherche des monuments historiques à Champs-sur-Marne fut sollicité. Membre du comité scientifique qui veille à la préservation de la tenture de l'Apocalypse, en 2017 il a, en présence de Marthe Moreau, effectué des études sur les filés d'or et d'argent présents dans le cœur des fleurons du grand personnage en question. Par la présence de filés métalliques dans le cœur des fleurs d'un fragment de tapisserie retrouvé à la galerie d'art, il a identifié la même technique que celle employée pour l'Apocalypse, à savoir la création d'un fil doré à partir de fils de soie recouverts de lamelles d'argent autrefois plaquées d'or. L'analyse chimique de la fibre et notamment de son PH sont concordants. À la différence de l'œuvre exposée à Angers, les filés métalliques sur les fragments parisiens sont extrêmement bien conservés et visibles à l'œil nu. On s'imagine désormais le chatoiement et la richesse de cette tenture monumentale commandée par Louis Ier d'Anjou.

Retracer l'histoire de ces fragments n'est cependant pas facile. Les archives de la galerie Ratton datent leur achat en 1924. On peut supposer qu'ils ont été retrouvés lors des grandes restaurations conduites dans la seconde moitié du XIXe siècle, puis mis de côté, faute de pouvoir être réintégrés au reste de l'œuvre. Mais comment sont-ils arrivés ensuite sur le marché de l'art ? Mystère !

Le propriétaire de la galerie d'art a décidé d'en faire don à l'État afin qu'ils soient conservés avec la tenture de l'Apocalypse dont ils sont issus. Ils seront remontés sur un support plus adéquat, tant pour leur conservation que leur présentation au public.

*
**

Lors de cette rencontre, Pierre Contepoint et Florence Bertholet avaient aussi évoqué Benoît Joubert, le prêtre défroqué qui ne fait plus parler de lui depuis qu'il a été sanctionné par son évêque.

« Pierre, savez-vous si Benoît Joubert est toujours considéré comme un suspect par les enquêteurs. Il connaissait bien les deux victimes et il y a ses positions pontifiantes sur la place que devrait avoir la tenture de l'Apocalypse.

— Je sais qu'il a été l'un des premiers à être suspecté. J'ai été interrogé sur les relations qu'il avait avec Mademoiselle Imbert et Marthe Moreau. Je ne leur ai fait aucune révélation pouvant l'incriminer, au contraire. Il était très respectueux et s'entendait très bien avec elles, du moins lorsque j'ai eu l'occasion de les voir ensemble au château. Je me souviens qu'il a été très affecté par l'incendie qui a bien failli être une catastrophe irréparable, tant pour les tapisseries que pour la chapelle construite par la sainte Yolande d'Aragon. Lui-même m'a confié avoir prié pour qu'il soit rapidement maîtrisé.

— On a effectivement du mal à imaginer que ce prêtre puisse être pour quelque chose dans le meurtre de ces deux chrétiennes qu'il appréciait.

— Je ne sais pas si le retour à Angers des fragments de la tapisserie de l'Apocalypse retrouvés à Paris va le faire sortir de sa retraite. Cela sera probablement un grand événement.

— Très certainement. Florence, j'attends ce moment avec impatience.

— Vous avez des informations sur ce qu'il est devenu. Il élèverait de brebis au sud d'Angers. Il aurait aussi créé une sorte de communauté religieuse constituée de femmes. Prêtre défroqué, il n'en reste pas moins moine.

— À l'exemple de celle qui existe dans le quartier de la Doutre et à Chalonnes-sur-Loire, il a effectivement créé une communauté de biguines. S'agissant de l'élevage, il fabrique des fromages qu'il vend sur des marchés de la région.

— Parce qu'il les vend lui-même ?

— Non, ce sont les femmes de sa communauté. Lui se fait toujours très discret.

— Je ne suis pas sûr que sa discrétion soit motivée par une volonté de vivre reclus tel un moine. Je crois qu'il cache quelque chose.

— Peut-être, mais les enquêteurs ne semblent rien avoir à lui reprocher. Et puis, comment pourrait-il être impliqué dans un crime qui porte la signature du terrorisme islamique et un autre qui relèverait plutôt d'une vengeance.

— Pierre, il ne faut pas oublier que Benoît Joubert est un théologien et qu'il connaît parfaitement l'histoire des religions. La Bible et le Coran n'ont certainement aucun secret pour lui. Ces Livres sacrés se rejoignent au moins sur un point : les atrocités qu'ils réservent aux incroyants. Comment ces religions qui prônent l'amour et la paix peuvent se fonder sur des textes qui révèlent la cruauté et le mal ? À mon avis, il s'agit de susciter la peur afin d'imposer la foi qui est censée protéger les croyants. J'ai aussi du mal à concevoir que l'on puisse se recueillir dans la sérénité devant le Christ en croix qui incarne la pire des tortures, la crucifixion.

— Pour le coup, Florence vous êtes vraiment une impie.

— Pas vraiment. Ce sont les Textes sacrés écrits par des hommes qui me posent problème. Pour moi, il s'agit ni plus ni moins d'un endoctrinement. On peut très bien croire en Dieu ou en Allah sans se référer aveuglément à ces écrits. Je considère même qu'il est présomptueux pour l'Homme de s'exprimer au nom d'un dieu, quel qu'il soit, en se présentant comme son messager ou en se disant inspiré par le Saint-Esprit.

— Vous devez être anticlérical ?

— Oui Pierre. Je suis même contre la hiérarchie de l'Église. Jeanne d'Arc l'était bien et pourtant l'on ne peut pas douter de sa foi.

— Je dois reconnaître que je suis un peu comme vous. Pourtant, vous qui êtes aussi historienne de l'art, vous ne pouvez pas nier que la religion nous a apporté des œuvres remarquables comme les cathédrales ou encore la tenture de l'Apocalypse qui est notre sujet.

— Ce sont surtout les architectes, les bâtisseurs et les artistes qu'il faut louer. Je ne suis pas certaine que tous étaient inspirés et guidés par la foi. Ils ont simplement exprimé le génie créatif de l'Homme. Il en a été de même pour les pyramides égyptiennes et aztèques.

— Oui, mais ils n'ont pu accomplir ces œuvres que par la volonté de puissants personnages qu'ils soient religieux ou laïcs.

— Et surtout fortunés au détriment du peuple.

— Florence, je crois que l'on est en train de refaire le monde.

— Il est un fait que les extrémistes religieux enflamment le monde actuel. Selon le chroniqueur André Froissard, André Malraux aurait dit : « Le xxie siècle sera mystique ou ne sera pas ». Je crois que l'on est effectivement en plein fanatisme religieux. Mais ce n'est pas d'aujourd'hui, il n'est qu'à se souvenir des guerres de religions et autres persécutions, à commencer par celles des martyrs devenus saints et que l'on fête.

— Florence, si je vous suis bien, vous semblez faire de Benoît Joubert un incendiaire religieux puisqu'il promet l'apocalypse.

— Je pense même que son militantisme pour sacraliser la tenture de l'Apocalypse ne me paraît être qu'un prétexte qui masque des intentions plus nuisibles. Si je ne me trompe pas, l'on peut s'attendre à de nouvelles manifestations de la persécution des croyants qui est l'un des douze signes de l'Apocalypse. Il en est un autre, l'apostasie qui est l'abandon de la foi chrétienne, c'est ce qu'il doit vivre depuis qu'il a été défroqué.

— Florence, vos prédictions ne sont guère rassurantes.

— Vous savez Pierre, le nombre 666 inscrit sur le mur avec le sang de la pauvre Marthe me paraît bien inquiétant ».

LE PRÊTRE DÉFROQUÉ

Né en 1978 dans une famille très pieuse de Baugé en Anjou, Benoît Joubert a vécu un chagrin d'amour d'adolescent. Plus par dépit que par vocation religieuse, le jeune homme quelque peu idéaliste s'est fait moine bénédictin à l'abbaye Saint-Serge d'Angers. Il avait juste dix-huit ans lorsqu'il a formulé ses premiers vœux : la stabilité, la conversion de sa vie et l'obéissance. Il a fait cette promesse devant le père abbé et la communauté, puis il l'a écrite sur un document qu'il a signé sur l'autel de l'église.

Fondateur de l'ordre des Bénédictins, saint Benoît a voulu entourer ce geste d'une grande solennité : *« Aussitôt après l'y avoir déposé, le novice commencera ce verset : Suscipe me, Domine secundum eloquium tuum, et vivam ; et non confundas me ab expectarione mea.* (Reçois-moi, Seigneur, selon ta parole et je vivrai, ne me déçoit pas dans mon attente).

Toute la communauté a repris trois fois ce verset en ajoutant : « *Gloria Patri* ». Benoît a aussi fait vœu de chasteté, de pauvreté et d'obéissance.

Alors, le novice s'est prosterné aux pieds de tous les frères, afin qu'ils prient pour lui. À dater de ce jour, il a fait partie de la communauté des bénédictins dont le choix n'est pas étranger à son prénom.

Durant son noviciat, le jeune moine Benoît Joubert a étudié les sciences ecclésiastiques, la philosophie et la théologie. Parallèlement, il a poursuivi des études d'historien, plus précisément de médiéviste.

Ayant appris à se connaître lui-même et à chercher Dieu dans la prière, la vocation religieuse lui est vraiment venue.

À l'issue du noviciat d'un an, il a décidé d'entrer au grand séminaire Saint-Jean à Nantes qui couvre les cinq diocèses des Pays de la Loire : Angers, Nantes, Laval, Le Mans et Luçon. La deuxième étape pour devenir moine est en effet de s'éloigner de l'intimité avec qui que ce soit et de rester à l'écart des rapports à caractère sexuel. N'ayant pu se résoudre à cette dernière exigence, il décida de devenir prêtre, car dans ce cas il n'est pas question de chasteté, c'est-à-dire d'absence de pensées érotiques, mais de continence parfaite et perpétuelle, en fait de privation permanente des plaisirs charnels. Contrairement au moine, le prêtre peut donc avoir des fantasmes sexuels, mais l'un comme l'autre ne peuvent céder aux plaisirs charnels. Cette nécessité a conduit le père Joubert à s'intéresser à l'amour courtois, ainsi qu'à l'histoire du moine breton Robert d'Arbrissel ou encore à celle de Héloïse et Abélard qui ont vécu respectivement au XIe et au XIIe siècle.

En 2005, Benoît Joubert a été ordonné prêtre à la sortie du grand séminaire Saint-Jean à Nantes. Il avait 27 ans.

En 2008, il a été placé à la tête de la paroisse Saint-Antoine-Saint-Serge à Angers et il officiait à l'église Saint-Serge. C'est là qu'il a commencé à se faire remarquer par ses sermons partisans sur des sujets très divers, dont la tenture de l'Apocalypse exposée au château d'Angers.

*
**

En 2013, le père Benoît Joubert a été nommé curé de la paroisse Saint-Jean-Paul II et il célébrait l'office à l'église Sainte-Madeleine du quartier Saint-Léonard à Angers.

Parallèlement, il a poursuivi des études de théologie à la Faculté de théologie et de sciences religieuses de l'Université catholique de l'Ouest située dans le même quartier. C'est là que Benoît Joubert a fait la connaissance d'une jeune fille prénommée Juliette. Elle était âgée de vingt ans, lui en avait trente-six. Au sein de l'Université, la jeune femme suivait une formation initiale d'enseignante à l'Institut de Formation aux Métiers de l'Enseignement.

Entre eux, une relation intime s'est rapidement installée. Elle l'admirait pour sa beauté et son éloquence, lui n'était pas insensible à sa fraîcheur et à l'attrait physique qu'elle lui inspirait. Sa formation religieuse l'avait mis à l'abri de la tentation des plaisirs charnels en le tenant éloigné des femmes, mais la fréquentation de jeunes filles à l'Université catholique avait réveillé ses désirs sexuels.

Juliette Laxard disposait d'une chambre d'étudiante chez Mademoiselle Imbert. Au début, cette dernière ignorait la liaison de sa jeune pensionnaire avec le curé qui officiait dans l'église qu'elle fréquentait. Pourtant, à l'occasion de l'un des voyages de sa logeuse, il est arrivé à Juliette d'accueillir chez cette dernière, celui qui était devenu son amant.

Lorsqu'elle a été affectée à Nantes à l'issue de sa formation d'enseignante de cycle élémentaire, Juliette venait retrouver Benoît à Angers, chez Mademoiselle Imbert, s'il était empêché de se rendre à Nantes.

Pourtant, entre eux les sentiments amoureux n'étaient pas vraiment réciproques. Elle l'aimait vraiment, l'idolâtrait même. Lui n'avait pour elle que l'intérêt du sexe qui était devenu obsessionnel.

Psychologiquement, Benoît ne s'est jamais remis du camouflet que lui avait infligé une jeune fille alors qu'il était adolescent. Un jour, seul avec elle dans sa chambre, il avait voulu passer à l'acte. Alors qu'elle semblait consentante, c'est par une gifle retentissante qu'elle avait finalement rejeté l'initiative en priant le jeune homme de partir sur-le-champ.

De ce geste aussi incompréhensible qu'humiliant, il en a conçu une véritable aversion mêlée de défiance à l'égard des femmes. Cela s'est trouvé amplifié par la relation incestuelle qu'il avait avec sa mère dont il était l'enfant unique. L'incestuel, c'est l'inceste sans passage à l'acte, c'est-à-dire sans atteinte au corps physique de l'enfant, sans agression sexuelle ou viol en tant quel tel. Il est suscité par un amour maternel et protecteur excessif. Néanmoins, il s'agit d'un viol psychique, une intrusion à tout niveau qui détruit l'enfant en profondeur, l'empêchant de se construire de manière sécurisante, le bloquant dans l'élaboration de sa personnalité et de son identité, le limitant dans sa conception du monde et de son environnement, créant de la confusion mentale, physique et psychologique. De cela, il en résulte que Benoît a développé une personnalité de nature perverse dont Juliette ne pouvait que pâtir. Méthodiquement, il l'a véritablement enchaînée sentimentalement à lui pour en faire une esclave sexuelle. Elle est rapidement tombée sous sa domination et son emprise, au point d'accepter tous ses fantasmes érotiques. C'est la réalisation de l'un d'eux qui devait entraîner la perte de son état de prêtre.

*
**

À l'été 2018, alors que Benoît et Juliette entretenaient une relation depuis plusieurs années, le prêtre féru d'histoire se prit pour Abélard, le plus grand philosophe conceptualiste du XIIe siècle dont il n'ignorait rien de l'histoire sentimentale avec Héloïse d'Argenteuil, la femme qui inventa l'amour selon le poète, romancier, dramaturge et historien Alphonse Lamartine, le maître du lyrisme romantique et chantre de l'amour.

Né près de Nantes, Pierre du Pallet, surnommé Abélard, est devenu le plus grand philosophe de son temps en conquérant Paris avec les armes de la dialectique, l'art du raisonnement. Adulé tant par les hommes que par les femmes, il est tombé sous le charme d'une jeune fille de dix-neuf ans, soit une dizaine d'années de moins que lui. Tout juste sortie du couvent d'Argenteuil, elle y avait été placée à l'âge de cinq ou six ans avec sa mère Hersende, dès lors que son père était parti en croisade.

Paris qui était en passe de devenir la capitale du royaume de France était en effervescence religieuse et militaire du fait de la première croisade organisée par les chrétiens pour reconquérir la Terre sainte occupée par les musulmans. Paris s'ouvrait à la culture en bonne part grâce à Abélard qui enseignait en latin au pied de la colline Sainte-Geneviève, sur la rive gauche de la Seine.

Afin de séduire Héloïse, en bon conceptualiste il imagina un stratagème pour s'inviter dans la demeure du chanoine Fulbert qui avait la tutelle de sa nièce.

Par ses domestiques, Abélard fit savoir à l'oncle de la jeune fille qu'il cherchait le gîte et le couvert chez un hôte, afin de se libérer des contingences matérielles de la vie quotidienne et mieux se consacrer à son art. Fulbert se fit un honneur de l'accueillir chez lui avec comme seule contrepartie de donner des leçons à Héloïse déjà très savante et de lui administrer de la baguette si elle ne se montrait pas une bonne élève. Le loup était dans la bergerie.

Quelque temps plus tard, les gémissements qui provenaient de la bibliothèque où les deux amants étaient censés étudier n'avaient rien d'une punition. Le chanoine mit du temps à comprendre et lorsqu'il surprit les deux partenaires dans une attitude non équivoque, il devint fou de rage. Il chassa le traître et commença à maltraiter sa nièce. Abélard décida de soustraire Héloïse à la violence de son oncle. Il l'enleva, ce qui était à l'époque un crime, et l'emmena dans son pays nantais, au Pallet. Là, elle donna naissance à un fils qu'elle prénomma Astrolabe.

Le chanoine Fulbert qui ne décolérait pas fit savoir à Abélard qu'il exigeait le retour de sa nièce à Paris, ainsi que le mariage.

Malgré ses réticences, Héloïse se maria secrètement avec Pierre du Pallet, mais elle se retrouva sous l'autorité de son oncle, avec l'interdiction de revoir son mari qui avait reçu la même recommandation. Comme il n'en fut rien, Fulbert décida de renvoyer Héloïse au couvent d'Argenteuil où elle avait passé une douzaine d'années de sa vie avec sa mère. Las, cela n'empêcha pas Abélard d'aller lui rendre visite au moment des repas et surtout de la retrouver nuitamment dans sa cellule à l'insu des religieuses. Un jour, celles-ci ont surpris le couple en train de forniquer dans un coin discret du réfectoire. Pour éviter de mettre enceinte sa femme, le mari suivait une préconisation de l'Église en matière de sexualité : la sodomie.

Informé de ces faits commis dans un lieu sacré, le chanoine Fulbert rumina sa vengeance. Il soudoya des complices pour qu'ils infligent à Abélard le châtiment alors réservé au violeur : la castration.

*
**

Passionné par l'histoire de Héloïse et Abélard qui ne s'est pas arrêtée à la mutilation du fautif, l'abbé Benoît Joubert a donné des conférences sur le sujet. Sans doute un peu par provocation, il n'occultait pas les faits les plus scabreux de leur relation. Il en a même conçu un véritable fantasme sexuel qu'il a voulu réaliser avec Juliette.

Le 8 juillet 2018, le père Benoît célébrait la messe dominicale devant un parterre de fidèles plutôt clairsemé en ce début de vacances estivales. Peut-être à court d'idées, lors de son prêche il remit sur le tapis son discours sur la tenture de l'Apocalypse qui, selon lui, devait être sacralisée dans la cathédrale Saint-Maurice d'Angers. Depuis l'incendie au château en 2009, il n'avait plus fait allusion à cette idée fixe accompagnée d'anathèmes. Il est vrai qu'il avait été convoqué par l'évêque qui lui avait instamment demandé de cesser ses imprécations, ce qu'il n'avait pas apprécié. En raison du rapport entre ses prédictions apocalyptiques et l'incendie au château, il avait même été interrogé par la police qui n'avait rien trouvé à lui reprocher.

Ses prophéties dantesques réitérées lors de son homélie n'avaient pas suscité beaucoup d'intérêt de la part des quelques ouailles qui, pour tout dire, n'y comprirent pas grand-chose. Parmi elles, Mademoiselle Imbert s'était étonnée de cette nouvelle charge de son curé au sujet de la tenture de l'Apocalypse. Sans approuver ses exigences en ce qui concerne cette œuvre inscrite au registre « Mémoire du monde » de l'UNESCO, elle considérait cependant que son argumentaire avait une certaine légitimité.

Mademoiselle Imbert connaissait effectivement très bien l'abbé Benoît qu'elle avait côtoyé pendant qu'il préparait sa licence de théologie à la Faculté de théologie et de sciences religieuses de l'Université catholique de l'Ouest, elle-même y suivait des cours de théologie en auditrice libre. De surcroît, il était son confesseur à l'église Sainte-Madeleine où elle était une marguillère. À ce titre, elle avait accès à la sacristie. Son rôle était, entre autres, de participer à l'entretien de l'église et au fleurissement de l'autel, en veillant à ce que tout soit en bon ordre avant chaque office religieux. Une autre personne avait accès à la sacristie : Juliette Laxard.

⁂

Si Mademoiselle Imbert avait ignoré qu'en son absence le curé de sa paroisse avait partagé la chambre qu'elle louait à la jeune étudiante de la Catho, elle avait fini par avoir connaissance de leurs relations intimes qu'elle accepta même d'abriter sous son toit.

À l'automne 2018, le scandale n'a pas pu être évité malgré les efforts de l'évêque du diocèse d'Angers pour que les révélations dont il avait eu connaissance par une lettre anonyme n'arrivent sur la place publique.

Le prélat convoqua le mis en cause, non pas au sujet de sa lubie sur les tapisseries de l'Apocalypse et la Vraie Croix d'Anjou, mais pour sa relation présumée avec une jeune femme.

Benoît Joubert confessa à son supérieur qu'il aimait effectivement une femme et qu'il n'entendait pas rompre cette relation qui ne compromettait en rien son amour de Dieu et l'exercice de ses fonctions sacerdotales. Devant cette détermination, le prélat lui proposa de faire une retraite spirituelle et même de consulter un psychologue pour éloigner le démon de la tentation qui semblait habiter son subordonné à l'approche de la quarantaine. Sans connaître le passé sentimental de Benoît, l'évêque insista sur le caractère fragile de l'amour entre un homme et une femme. Cette allusion raviva chez le père Joubert sa misogynie, d'autant qu'il n'éprouvait pas de sentiments amoureux pour Juliette, mais uniquement une attirance sexuelle.

L'évêque lui suggérera donc de prendre contact avec un thérapeute angevin spécialisé dans le cas des prêtres qui entretenaient une liaison avec une femme ou qui voulaient quitter leur ministère.

Guère convaincu par les arguments dissuasifs du psychologue, du genre « Il n'y a pas d'état de vie qui soit comblant, seul Dieu comble », l'abbé Benoît abandonna la thérapie et alla lui-même l'annoncer à son supérieur. Ce dernier décida alors de prendre en main la situation en recevant une fois par semaine son collaborateur afin de le convaincre de ne plus voir Juliette qu'il convoqua elle aussi. Il promit à celle-ci les flammes de l'enfer si elle n'arrêtait pas de commettre le péché immense de détourner un prêtre de sa mission. Il ajouta que le concubinage avec un religieux relève du même canon n°1395 du Droit du Code canonique que le viol et la pédophilie. Ces arguments n'eurent aucun effet sur la jeune femme totalement sous l'emprise de son amant qu'elle ne souhaitait pas voir abandonner la prêtrise. De son côté, l'abbé Joubert rappela qu'il y avait des prêtres mariés un peu partout jusqu'en 1450 alors que le décret de 1074 du pape Grégoire VII leur interdisait le mariage et le concubinage, que des évêques et des cardinaux avaient entretenu femmes et enfants et même que plusieurs papes avaient été mariés et avaient eu une progéniture. Il exprima son vif regret que l'Église romaine soit hors de son temps et de la société, alors que les Églises orthodoxe et anglicane acceptent le mariage des prêtres.

À la troisième rencontre entre l'évêque et le père Benoît, les choses prirent une tout autre tournure, car le prélat venait de recevoir une nouvelle lettre anonyme. Les faits étaient suffisamment graves pour qu'il propose à l'abbé Joubert le choix entre l'excommunication ou être défroqué. Benoît Joubert opta pour cette dernière solution, car il refusait l'exclusion de la communauté chrétienne. Moine il a été, moine il redeviendra en se retirant du monde, mais pas seul, un peu à l'exemple de ses deux inspirateurs, Abélard et Robert d'Arbrissel.

Benoît Joubert fut prié de déménager ses affaires du lieu de culte dans la plus grande discrétion, de ne pas annoncer lui-même cette décision à ses fidèles et ne plus mettre les pieds à l'église Sainte-Madeleine. À bientôt 40 ans, Benoît Joubert quittait les ordres sans indemnités ni allocations.

*
**

Juliette Laxard fut révoltée par cette décision et encore plus par les délations répétées dont le couple a été l'objet. Elle décida de faire face et de rendre public ce qui était pour elle une injustice. Sur les réseaux sociaux, elle dénonça la décision méprisable de l'évêque en assurant que l'amour n'est pas exclusif. Elle avança que l'amour de Dieu n'est pas incompatible avec l'amour pour une femme. Et de citer deux versets de l'Évangile selon l'apôtre Saint Jean à qui l'on doit le plus illustre récit de la fin du monde : l'Apocalypse.

« *Aimez-vous les uns les autres, comme je vous ai aimés. Il n'y a pas de plus grand amour que de donner sa vie pour ses amis.* »

« *Bien-aimés, aimons-nous les uns les autres, car l'amour est de Dieu. Et quiconque aime est né de Dieu et connaît Dieu. Celui qui n'aime pas n'a pas connu Dieu, car Dieu est amour.* »

Juliette brisa la discrétion voulue par l'évêque en apposant une affichette dans le narthex de l'église Sainte-Madeleine et en mettant à la disposition des fidèles des tracts de soutien à l'abbé Benoît. Elle lança même une collecte de dons en ouvrant une cagnotte en ligne sur Internet, car elle avait décidé d'accompagner Benoît dans une retraite en démissionnant de l'enseignement privé catholique. Compte tenu de la situation, sa démission fut bien sûr acceptée par le directeur diocésain.

La situation matérielle des amants sulfureux s'améliora rapidement grâce à la générosité d'un couple de fidèles qui leur proposa immédiatement le gîte et le couvert jusqu'à ce qu'ils trouvent une solution pérenne.

Sans doute influencé par l'histoire d'Abélard lorsqu'il était persécuté pour ses positions doctrinaires,

Benoît Joubert avait pour intention d'établir, avec Juliette Laxard, une communauté religieuse laïque de femmes pieuses, libres et insoumises : les béguines. Ce sobriquet fait vraisemblablement allusion au fait de ressasser des prières.

Né en Europe du Nord au XIIe siècle, ce mouvement spirituel réunissait au sein de communautés laïques des rebelles au mariage et aux ordres religieux. Il a posé les bases de l'une des expériences les plus novatrices de l'Occident médiéval. À une époque où l'horizon des femmes s'avérait restreint entre vie maritale ou vie religieuse, les béguines refusaient cette alternative. Ni épouses ni moniales, elles inventèrent un état intermédiaire où elles se trouvaient libres de la tutelle des hommes. Libres de prier, de travailler, de ne pas prononcer de vœux.

Avec à sa tête Héloïse, le Paraclet qu'Abélard avait fondé était devenu un monastère pour femmes. En espérant y trouver la paix et la sécurité, il se voyait abbé des moniales du Paraclet, avec Héloïse comme bras séculier. En fait, il voulait régner en maître sur le domaine qu'il avait cédé à son ex-épouse, mais celle-ci écarta habilement ce souhait marital.

D'une certaine façon, Benoît Joubert va peut-être réussir là où Abélard avait échoué.

*
**

En Anjou, l'exclusion de l'abbé Joubert a causé un certain émoi et suscité un réel élan de générosité à l'égard du couple improbable. Même si la véritable raison qui avait conduit l'évêque à le défroquer avait été connue, il est assez probable que les soutiens auraient été tout aussi importants.

Après les deux paroissiens qui les ont accueillis provisoirement sous leur toit, ce sont des éleveurs de chèvres à la retraite qui firent une proposition à Benoît et Juliette.

Paulette et Marcel Ricardier venaient de céder leur chèvrerie où ils transformaient en fromages l'intégralité de la production de lait d'une centaine de chèvres. Les deux retraités ont aussi vendu des pâturages, mais ils ont souhaité conserver une très ancienne chapelle à laquelle ils tenaient beaucoup sur la commune des Garennes-sur-Loire au sud-est d'Angers. Elle se trouve sur un terrain d'environ 8 hectares situé sur le coteau dominant la Loire. Sur cette parcelle existe aussi une fermette avec quelques dépendances. Paulette et Marcel avaient l'intention de s'y retirer, mais les soucis de santé de Paulette les ont amenés à renoncer à cette idée pour s'installer à Angers, dans un appartement proche de l'église Sainte-Madeleine.

C'est ainsi que l'ex-curé et sa compagne se sont vus proposer d'occuper gracieusement les lieux avec pour seule contrepartie d'en assurer l'entretien, en particulier celui de la chapelle et de ses abords Après une reconnaissance sur place, c'est avec enthousiasme que le couple a accepté cette proposition, d'autant que les propriétaires se sont engagés à leur faire une donation devant notaire.

Le prêtre défroqué a immédiatement compris qu'il allait pouvoir fonder en ce lieu la communauté religieuse de béguines à laquelle il pensait. Il a exposé cette idée aux propriétaires qui l'ont approuvée.

Benoît et Juliette ont baptisé ce petit domaine « La Bergerie du Seigneur », car leur intention était de se lancer dans l'élevage de moutons et la production de fromages. Ils allaient pouvoir compter sur les conseils techniques de Roger Courtois, un ancien employé des donateurs.

*
**

Parallèlement à leur installation, Benoît Joubert s'est préoccupé de recruter des béguines. Pour elles, il a prévu deux logements individuels regroupés autour de la chapelle. Non seulement il voulait constituer son béguinage, mais il avait besoin de main-d'œuvre pour s'occuper de l'élevage et de la fromagerie. Grâce à la cagnotte, il a fait l'acquisition de deux mobile homes d'occasion pouvant accueillir chacun trois personnes.

Marcel lui a présenté Roger Courtois, maître fromager, lui aussi retraité âgé de soixante-cinq ans. Célibataire, Roger est un gaillard un peu simplet qui vit dans un modeste logement à La Garenne-sur-Loire. Sur le site de La Bergerie du Seigneur, il entretient un petit potager qui lui procure un revenu supplémentaire. Très croyant, il a accepté d'aider gracieusement Benoît à préparer le bâtiment destiné à accueillir un troupeau d'une cinquantaine de têtes et d'aider Juliette à mettre en place les équipements de la fromagerie.

Pour le financement du projet, le prêtre défroqué a bénéficié de dons, de subventions, mais aussi du soutien d'un club CIGALES, un club d'investisseurs pour la gestion alternative et locale de l'épargne solidaire.

Chargée plus particulièrement de la gestion de l'entreprise, Juliette a préparé un diplôme des métiers du commerce. En outre, avec deux autres femmes, elle a bénéficié d'une formation de fromagère dispensée par Marcel Ricardier et Roger Courtois, ce dernier assurant la production fromagère dans un premier temps.

Pour sa communauté de béguines, Benoît Joubert n'a eu aucune difficulté à recruter une grenouille de bénitier qu'il avait reçue plusieurs fois en confession à l'église Sainte-Madeleine. Il savait tout de cette femme sans enfant récemment divorcée après avoir subi les violences d'un mari alcoolique. La deuxième recrue lui avait été conseillée par Juliette. Quelques années auparavant, à Nantes elle avait fait la connaissance de Cécilia, la mère d'un garçon de huit ans scolarisé dans l'école où elle enseignait. Les deux jeunes femmes avaient sympathisé au point que la jeune mère s'était confié à l'institutrice de son fils. Selon elle, son mari d'origine marocaine qui ne supportait plus de vivre en France était retourné au pays. Elle n'avait pas voulu le suivre, mais elle dut céder à ses injonctions pour le rejoindre.

Moins de deux ans plus tard, elle avait repris contact avec Juliette en lui expliquant qu'elle était divorcée et qu'elle se trouvait à Paris avec son fils. Elle souhaitait quitter la capitale et s'installer à Angers. La compagne de Benoît Joubert lui fit part de sa nouvelle situation et elle l'invita à La Garenne-sur-Loire.

C'est une « brebis égarée » que l'ex-abbé Benoît a reçue en confession. Il a proposé à Cécilia de rejoindre La Bergerie du Seigneur et le béguinage. Toutefois, ce ralliement ne devait se faire que lorsque la ferme d'élevage et la fromagerie seraient suffisamment rentables pour la faire vivre, elle et son enfant. En attendant, elle avait repris son métier de coiffeuse qu'elle exerçait dans le quartier de la Doutre à Angers où elle avait trouvé un logement.

*
**

Le mouvement béguinal est apparu à Liège à la fin du XIIe siècle. Premier type de vie religieuse féminine non cloîtrée, il s'étendit rapidement en Europe du Nord-Ouest, le long de l'axe rhénan. Les béguines vivaient dans de petites maisons individuelles souvent regroupées autour d'une chapelle pour former un ensemble appelé « béguinage ». Proches des ordres mendiants, leur indépendance les rendit suspectes aux autorités ecclésiales et elles furent bientôt persécutées, puis condamnées par le concile de Vienne pour « fausse piété », avant d'être intégrées aux tiers-ordres mendiants au XVe siècle.

Ce mouvement couvrait un ensemble d'expériences et de formes de vie religieuses d'une très grande diversité dont les éléments unificateurs sont le caractère laïc et la vie en autogestion. Leur réputation est parvenue jusqu'à la cour de Louis IX, dit Saint Louis, grand amateur de toutes les espèces d'ordres religieux. Il fit venir à Paris quelques béguines du Nord de l'Europe, leur acheta une maison où il les plaça. Elles eurent, en leur temps, une véritable attraction sur leurs contemporains. Ainsi, Saint-Louis, alors roi de France, fit, à son retour de croisade en 1254, le voyage jusqu'à Hyères pour en rencontrer. D'autres grands noms de l'époque demandèrent à être ensevelis à leur côté. Ce fut le cas de Louis d'Anjou, fils de Charles II qui fut roi de Naples et de Jérusalem et comte d'Anjou, du Maine, de Provence et de Forcalquier. Rentré dans les ordres, Louis d'Anjou créa à Naples une communauté des frères mineurs de saint François, couramment appelés franciscains.

N'appartenant à aucun ordre religieux, les béguines ont été les premières religieuses à demeurer dans le monde, contrairement aux moniales cloîtrées après avoir pris le voile. Souvent à proximité d'un lieu de culte, leurs logis étaient indépendants, mais rassemblés pour mieux se protéger, s'entraider, et surtout pratiquer leurs dévotions et activités caritatives.

Chaque béguinage édictait ses propres règles, toujours modifiables. Rien n'était imposé, ni l'habillement, ni l'habitat. La plupart des béguines vivaient seules dans une maisonnette où elles prenaient leur repas. Le travail, moyen d'émancipation économique, faisait partie de leur existence. Elles s'occupaient du blanchissage des draps, du lavage de la laine, travaillaient à la ferme. Les plus instruites se tournaient vers l'enseignement. Enfin, grâce aux infirmeries présentes dans les béguinages, elles disposaient d'un savoir-faire médical. Beaucoup d'entre elles vivaient aussi leur foi en s'adonnant à l'art. Parfois, elles se proclamaient religieuses mendiantes et menaient une vie spirituelle très forte. Leur caractéristique était l'absence de règle de vie. Elles pouvaient choisir de faire un vœu, souvent de chasteté, quelquefois de pauvreté, exceptionnellement d'obéissance.

Le mouvement des béguines a séduit parce qu'il proposait aux femmes d'exister en n'étant ni épouse, ni moniales, et en étant affranchie de toute domination masculine. Ces femmes libres dérangeaient, surtout l'Église qui, après les avoir acceptées, coupa court à leur émancipation. Leur piété vécue loin de toute autorité ecclésiastique ainsi que leur idéal de pauvreté les rendaient trop suspectes.

Comme beaucoup d'autres mouvements de l'époque (cathares, vaudois, mais aussi franciscains, libre-esprit et autres), les béguines prônaient un idéal de pauvreté évangélique. Mais ce mode de vie qui érigeait la liberté (liberté religieuse, liberté sociale, liberté économique…) comme règle suprême, choquait. Influencé par la littérature profane courtoise et les mouvements millénaristes proches des franciscains qui annonçaient le retour sur Terre du Christ pour un règne de mille ans avec l'avènement du Royaume de Dieu, le mouvement béguinal a produit une œuvre poétique et spirituelle significative.

Le Royaume de Dieu est un concept théologique à dimension eschatologique. Cette étude traite de la fin du monde, de la résurrection et du jugement dernier. Les textes bibliques définissent le Royaume de Dieu comme une réalité présente d'une part et une promesse d'autre part. Le Royaume de Dieu et l'annonce de sa venue se trouvent dans les Évangiles au cœur même de la prédication de Jésus.

Pour toutes ces raisons, l'érudit moine franciscain Benoît Joubert voulait reconstituer à La Bergerie du Seigneur un nouveau béguinage, la dernière représentante du mouvement étant décédée en 2013 à Courtrai en Belgique.

Son intention était d'édicter des règles semi-religieuses pour affirmer son emprise psychologique sur les femmes, comme c'était déjà le cas avec Juliette Laxard. Il ne prévoyait pas le vœu de chasteté et il voulut imposer son autorité en se nommant bégard supérieur.

Benoît allait peut-être réussir là où Abélard avait échoué avec les moniales du Paraclet, en raison de l'opposition de Héloïse qui avait bien compris ses intentions.

*
**

Au mois d'août 2019, lors d'une conversation téléphonique, Marina Krapsy a été pour le moins surprise d'apprendre de la bouche de son amie Florence ces informations sur ce prêtre hors norme évincé de l'Église catholique.

« Cet abbé Joubert n'est vraiment pas banal. J'avais déjà connaissance de ses incantations au sujet de la tapisserie de l'Apocalypse, ce qui l'avait amené à être interrogé par la police au sujet de l'incendie du château. Florence, comment as-tu eu connaissance de tout cela ?

— Principalement par Mademoiselle Imbert, mais aussi lors de la cérémonie d'adieu au crématorium à laquelle j'ai assisté avec Olivier et Jade. D'ailleurs, Benoît Joubert était présent. Par contre, sa compagne, Juliette, n'était pas là. À cette occasion, j'ai rencontré quelques connaissances de mon ancienne professeure ainsi que son neveu. C'est par eux que j'ai eu des informations. Et puis, comme mon nom et mes coordonnées figuraient dans le carnet d'adresses de Mademoiselle Imbert, avec Olivier nous avons été entendus par les enquêteurs sur nos relations avec elle. Pour moi, ce meurtre commis au moment de Noël est totalement incompréhensible.

— Il semble l'être aussi pour les enquêteurs qui, si j'ai bien compris, n'ont aucune piste sérieuse.

— Effectivement Marina, ils sont dans l'impasse. Le neveu a fait figure de suspect, mais il a un alibi qui semble l'avoir disculpé. Il en a été de même des deux étudiantes qu'elle hébergeait à ce moment-là et de sa gouvernante, toutes étaient dans leur famille à l'occasion des fêtes de fin d'année.

— La compagne du prêtre défroqué a été hébergée chez Mademoiselle Imbert pendant ses études à la Catho, elle la connaissait donc bien.

— Oui.

— Ce n'est pas curieux qu'elle n'ait pas assisté aux obsèques ?

— Elle était souffrante, m'a-t-on dit.

— Florence, je pense à une chose. Benoît Joubert a fait l'objet de dénonciations anonymes auprès de l'évêque d'Angers dans le courant de l'été 2018 et si Mademoiselle Imbert en avait été l'auteure ?

— Mademoiselle Imbert m'a dit avoir eu connaissance de l'existence de la première lettre anonyme par l'abbé Joubert lui-même. En tant qu'historienne, voire un peu théologienne, elle était très proche de lui, d'autant qu'il était son confesseur. D'ailleurs, avant cette dénonciation, elle m'avait confié avoir eu un petit accrochage avec lui au sujet de la tapisserie de l'Apocalypse et de la Vraie Croix d'Anjou. Elle lui avait conseillé de cesser ses incantations ridicules.

— Pour toi, elle n'a pas pu être le corbeau.

— Absolument. Ce n'était pas son genre. Elle était une femme trop franche, trop directe, pour jouer à ce jeu.

— Pourtant, il y a bien eu un corbeau qui a d'ailleurs récidivé. Florence, tu connais la nature de la deuxième dénonciation anonyme ?

— La première mettait en question son vœu de célibat qui n'était plus respecté. De ce que j'ai entendu dire, dans la seconde il était question d'outrage aux bonnes mœurs.

— Mademoiselle Imbert était au courant de la liaison qu'entretenait son confesseur ?

— Oui.

— Elle qui vivait son état de célibataire comme un don de Dieu, n'aurait-elle pas été choquée par le manquement de son curé qui ne respectait pas son vœu de célibat ?

— Non, je ne le pense pas. Elle était favorable au mariage des prêtres comme c'est le cas chez les orthodoxes. Si elle rejetait l'amour conjugal, elle considérait qu'il existe bien d'autres formes d'amour. Être célibataire était aussi pour elle une volonté de ne pas procréer. Elle disait ne pas en avoir éprouvé le besoin, considérant que ses élèves et plus généralement les jeunes qu'elle côtoyait comme enseignante étaient ses enfants. Par contre, elle s'interrogeait sur le fait de savoir au nom de quoi l'on veut empêcher un religieux d'aimer une femme et vice et versa.

— Florence, le problème est que cet amour est généralement lié au sexe. Et qui dit sexe, dit risque de procréer. Cela a été la cause du malheur de Héloïse et Abélard dont tu m'as rappelé l'histoire qui a inspiré les grands romantiques du XIXe siècle.

Benoît et Juliette ne prennent-ils pas ce risque, ils sont jeunes, surtout elle ?

— Il est peu probable qu'ils envisagent d'avoir des enfants. Ils doivent donc prendre leurs précautions.

— C'est vrai que la pilule contraceptive évite bien des problèmes. Héloïse et Abélard n'auraient pas vécu la tragédie qui a été la leur si elle avait existé de leur temps.

— Pourtant, ils adoptaient la méthode contraceptive préconisée par l'Église, à savoir la sodomie. Mais il leur a suffi d'y déroger au moins une fois. Dans le feu de l'action…

— Florence, tu m'as dit qu'un problème de mœurs aurait justifié la deuxième de dénonciation. Il semble que Benoît Joubert se prend un peu pour Abélard, tant sur le plan intellectuel que dans sa relation avec les femmes. Et s'il avait reproduit l'acte accompli dans un lieu sacré, comme le fameux philosophe l'a lui-même évoqué dans ses correspondances avec Héloïse ?

— Marina, tu laisses entendre que l'abbé Joubert aurait pu avoir une relation inappropriée avec sa compagne dans le lieu sacré où il officiait et qu'il y aurait eu un témoin ?

— Exactement. Cela pourrait expliquer la gravité de la sanction et sa brutalité. Et si Mademoiselle Imbert avait été ce témoin, elle avait ses habitudes à l'église Sainte-Madeleine. Elle aurait très bien pu surprendre le couple dans une attitude comparable à celle de Héloïse et Abélard dans le réfectoire de l'abbaye d'Argenteuil, ce qui avait rendu fou furieux le chanoine Fulbert lorsque les faits lui avaient été rapportés

— J'ai l'impression que tu veux absolument que Mademoiselle Imbert soit le corbeau et je te vois venir. Pour toi, elle aurait été assassinée par vengeance à l'instigation de l'abbé Joubert.

— Florence, tu lis bien dans mes pensées. Cette hypothèse n'est peut-être pas aussi absurde que cela. Elle connaissait manifestement son assassin puisqu'il n'a été relevé aucune trace d'effraction à son domicile. La sauvagerie avec laquelle elle a été tuée témoigne de la rage de son agresseur, c'est souvent le cas lorsqu'il s'agit d'un familier qui veut se venger.

— L'alibi de l'abbé Joubert et l'absence d'ADN dans le sang mêlé ont conduit les enquêteurs à l'écarter de la liste des suspects. Il en est de même pour le neveu.

— Les pensionnaires de Mademoiselle Imbert et sa gouvernante auraient-elles pu lui en vouloir au point de l'assassiner ?

— Je n'en vois vraiment pas la raison. Les enquêteurs y ont cependant pensé et ils ont procédé à des vérifications qui n'ont abouti à rien.

— Je comprends que l'enquête soit dans l'impasse. Un corbeau non identifié, un ADN féminin trouvé dans le sang mêlé ne correspondant à aucun proche de la victime qui aurait pourtant ouvert sa porte à son assassin, c'est pour le moins déconcertant. Florence, sais-tu où en est le projet de l'ex-abbé Joubert.

— Aux dernières nouvelles, Benoît et Juliette auraient créé un élevage de moutons et ils fabriqueraient du fromage de brebis. Un couple d'anciens fidèles chrétiens de l'abbé leur aurait fait une donation. Ils auraient obtenu des soutiens financiers, en particulier par une cagnotte en ligne qui avoisinerait les 50 000 euros. De plus, pour financer l'achat des agnelles, ils ont imaginé un parrainage de 100 euros par animal. En contrepartie, les brebis portent un collier avec le nom donné par les marraines et les parrains qui bénéficieront à vie de rencontres-dégustations et d'animations gratuites sur le site de l'élevage. L'ancien collaborateur de mon mari a été contacté par Benoît Joubert qui souhaiterait créer une animation, sans doute à caractère commercial, sur son domaine. Il s'agit d'une projection en mapping vidéo de la tapisserie de l'Apocalypse.

— Décidément, c'est une obsession chez lui. Tu ne trouves pas ça un peu louche ?

— Peut-être. Lorsque Olivier sera rentré, je lui demanderai qu'il te rappelle pour t'expliquer ce que son collègue et ami de Saumur lui a dit à ce sujet.

— Florence, je suis curieuse d'en savoir plus sur les initiatives de ce prêtre défroqué. Mon intuition ne me dit rien de bon qui vaille. Tu n'es pas de mon avis ?

— Si. Moi aussi je m'interroge. Pour le moins, je pense qu'il est un peu dérangé. Même si… Ah, voici Olivier qui arrive. Je te le passe...

— Bonjour Marina. Tu vas bien ?

— Oui. Dis-moi, Florence vient de me parler d'un projet qu'aurait l'abbé Joubert, ce prêtre défroqué complètement obsédé par la tapisserie de l'Apocalypse et la Vraie Croix d'Anjou. Tu veux bien m'en parler. Cela m'intrigue beaucoup.

— Bernard Morin, mon ancien collaborateur qui a repris mon entreprise saumuroise d'électricité, m'a effectivement parlé du projet de ce religieux original. Sur son domaine, il existe une excavation naturelle qui forme une paroi calcaire d'une dizaine de mètres de hauteur. Il a fait débroussailler cette falaise dont le tuffeau est plutôt de bonne qualité et il a commencé à y faire reproduire la partie inférieure de la façade de la cathédrale Saint-Maurice d'Angers, un peu à la façon des sculptures du fronton du Khazneh de Pétra en Jordanie.

— Mais cela va lui coûter une fortune.

— De ce que j'ai compris, la reproduction d'une partie de la façade de la cathédrale restera très stylisée. Il a trouvé un ancien carrier très pieux qui travaille pratiquement gratuitement, considérant sans doute que la réalisation de cette œuvre profane lui ouvrira les portes du Paradis. Il a aussi fait appelle à un sculpteur qui a reproduit trait pour trait les plus beaux monuments du Val de Loire dans le tuffeau d'un site troglodytique situé route de Gennes, à Saint-Hilaire-Saint Florent. Cet artiste qui connaît bien Bernard l'a mis en relation avec l'ancien prêtre pour qu'il examine son projet d'animation.

— Il veut créer une attraction touristique ?

— Oui et non. De ce que m'a expliqué Bernard, son intention est de réaliser sur cette façade une projection en mapping vidéo de la tapisserie de l'Apocalypse et même de la Vraie Croix d'Anjou.

Selon mon ami, il réserve ce spectacle aux membres de sa communauté et à ses clients, sans exclure de l'ouvrir un jour plus largement au public.

— Je me demande s'il n'y aura pas un problème de droit à l'image.

— Peut-être, mais il n'en est pas encore là. Bernard m'a dit qu'il doit le rencontrer dès que possible. Je pense pouvoir l'accompagner avec Florence.

— Olivier, c'est une bonne idée. Il me paraît indispensable qu'au nom de la DRAC elle en sache plus sur ce projet et par la même sur son promoteur.

— Ce prêtre redevenu moine est vraiment particulier. Il l'est tellement qu'il ne me paraît pas pouvoir être totalement étranger aux drames qui ont eu lieu à Angers et qui semblent avoir un lien avec l'Apocalypse selon Jean et donc avec la tenture du château.

— Olivier, j'ai le même sentiment que toi. Pour en avoir discuté avec Florence, je suis convaincue qu'il cherche à fonder son Paraclet à la façon d'Abélard. Il est à l'évidence un adepte de saint Jean et le paraclet est un concept spécifique à l'évangéliste Jean. Il désigne l'Esprit Saint qui protège et console. C'est ce qu'il doit rechercher après sa mise à l'écart de l'Église.

— Là, Marina, ton propos me dépasse un peu. Je ne savais pas que tu t'y entendais aussi en matière d'évangile.

— En fait, je ne connais assez bien que celle de Jean. C'est l'histoire de la tapisserie de l'Apocalypse et celle de Héloïse et Abélard dont le tombeau se trouve au cimetière du Père Lachaise à Paris qui m'ont amené à l'étudier.

— Benoît Joubert a certainement une connaissance très approfondie de ces sujets.

— C'est très probable. Tenez-moi au courant de cette visite qui va peut-être vous réserver quelques surprises ».

LA BERGERIE DU SEIGNEUR

Le dernier dimanche de septembre 2019, les couples Bertholet et Morin se sont retrouvés pour déjeuner au Grand Bleu, un restaurant du vieux quartier de Saumur spécialiste des fruits de mer.

Après l'apéritif, ils ont attaqué l'incroyable variété et quantité de crustacés et de coquillages. Ils étaient disposés sur un lit d'algues dans une coque de bateau en réduction qui occupait largement la table. C'était le repas idéal pour discuter tranquillement en sirotant un Saumur blanc au nez très floral sur l'acacia et l'aubépine.

« Pour en venir au moine de La Garennes-sur-Loire, je l'ai contacté afin de caler notre rendez-vous et je lui ai demandé s'il acceptait que je vienne avec vous deux. Lorsque je lui ai expliqué qui vous êtes professionnellement, il a immédiatement accepté, avec enthousiasme même. Il est manifestement enchanté que l'on prenne son projet au sérieux.

Conformément à ce dont nous avions convenu, je lui ai proposé de nous rencontrer pendant les vacances de la Toussaint. Il nous laisse libres de fixer le jour compte tenu de nos emplois du temps. Nous allons l'arrêter aujourd'hui

— Bernard, réglons cette question tout de suite. Le temps de vérifier mon agenda… Et bien, je propose le vendredi 25 octobre.

— Pour moi et Myriam qui souhaite nous accompagner, c'est OK. Pas de problème pour toi Florence ?

— Non. Que sais-tu de la situation actuelle du projet de Benoît Joubert. Avec Olivier, nous l'avons vu brièvement lors de la cérémonie d'adieu à Mademoiselle Imbert, mais nous n'avons pas eu l'occasion de faire vraiment sa connaissance. Et toi, tu l'as déjà rencontré ?

— Non. À ce stade, nous n'avons eu que des contacts téléphoniques. Il m'a fait une excellente impression. Il parle très bien et il est manifestement très cultivé. Il sait parfaitement ce qu'il veut.

— Bernard, tu sais où il en est de son projet de communauté religieuse et de son entreprise d'élevage et de fromage ?

— Myriam qui s'y connaît plutôt bien en matière de religion va t'expliquer ce qu'elle a compris de ce que je lui ai rapporté de mes conversations téléphoniques avec le moine berger. De mon côté, je me suis documenté sur la race de brebis qu'il élève, car elles auraient une origine angevine.

— Florence, j'observe tout d'abord qu'en baptisant son domaine « La Bergerie du Seigneur », il se prend un peu pour Dieu ou du moins pour le Christ. Et puis, en créant une communauté de béguines, des femmes laïques ni épouses ni moniales, il cherche manifestement à créer son paraclet et à en prendre la direction. Comme toi, je suis curieuse de faire plus ample connaissance avec ce prêtre défroqué ».

Depuis le début de l'année 2019, la communauté religieuse du moine Benoît Joubert s'était plutôt bien développée. Elle était désormais constituée de cinq femmes dont trois résidaient sur place, les deux autres venant occasionnellement.

Le troupeau de brebis comptait une cinquantaine de têtes et les fromages produits avaient déjà acquis une excellente réputation auprès d'une clientèle privée sur les marchés, mais aussi auprès de quelques restaurateurs. L'avenir du domaine de La Bergerie du Seigneur était donc plutôt prometteur.

Le moine berger de la Garennes-sur-Loire, commune située à une douzaine de kilomètres au sud-est d'Angers, pouvait sans doute faire sien ce psaume de la Bible :

« L'Éternel est mon berger, je ne manquerai de rien. Il me fait reposer dans de verts pâturages, Il me dirige près des eaux paisibles. Il restaure mon âme, Il me conduit dans les sentiers de la justice, à cause de Son nom. Quand je marche dans la vallée de l'ombre de la mort, je ne crains aucun mal car Tu es avec moi, Ta houlette et Ton bâton me rassurent. Tu dresses devant

moi une table en face de mes adversaires. Tu oins d'huile ma tête et ma coupe déborde. Oui, le bonheur et la grâce m'accompagneront tous les jours de ma vie et j'habiterai dans la maison de l'Éternel jusqu'à la fin de mes jours. »

Ce verset est l'un des passages les plus appréciés de la Bible. Même les païens se sentent concernés par ces mots. Il met en scène Dieu dans le rôle du berger et l'humain dans la position de la brebis, dont Il prend soin. C'est vraiment un passage biblique très célèbre, mais aussi très profond et particulièrement intéressant. Chaque mot est lourd de sens tant l'auteur, l'apôtre David, sait de quoi il parle pour avoir gardé le troupeau familial une bonne partie de sa vie. Mais, ce texte sacré ne concerne que ceux qui acceptent d'entrer dans une relation Berger-Brebis avec le Seigneur. La Bible révèle en effet plusieurs types de relations : Maître-Serviteurs, Roi-Sujets, Chef des armées-Soldats, Père-Fils, Berger-Brebis, Seigneur-disciples, Époux-Épouse que le croyant est censé connaître dans sa marche avec le Seigneur à la fois simultanément, mais surtout selon les circonstances ou les saisons. Pour assumer pleinement le statut de brebis du Seigneur et afin de jouir des avantages qui vont avec, il convient de respecter plusieurs préceptes : décider de Lui appartenir réellement et exclusivement, connaître Sa voix et ne pas écouter les mercenaires, marcher « bêtement » à Sa suite et accepter d'être conduit par Lui, être remplis d'humilité, accepter la correction, ne pas craindre le danger et ne s'inquiéter de rien, se rassasier dans les verts pâturages et ruminer ensuite, demeurer dans le troupeau, vivre dans Sa présence tous les jours, engendrer des fils pour le Royaume.

Il était très probable que ces types de relations et ces préceptes aient inspiré le moine Joubert pour fixer les règles qu'il imposait à ses femmes brebis.

Pour ce qui concernait l'élevage ovin, Benoît Joubert avait constitué l'un des derniers troupeaux de « Moutons de Belle-Ile », une race menacée de disparition. Il était composé d'une cinquantaine de brebis sur les quelque six cents qui subsistaient dans l'Ouest. Il avait obtenu le soutien du Conservatoire des races animales en Pays de la Loire, ainsi que de l'Association des moutons de Bretagne qui œuvre pour la préservation et la sauvegarde de cette espèce.

Le mouton de Belle-Ile tire son nom du fait que le dernier troupeau a été trouvé sur cette île morbihannaise dans les années 1980. Cependant, la race est issue d'une variété angevine et vendéenne appelée « Mouton de Mortagne » ou « Mouton de Cholet ». C'est Gabriel-François de Rougé, seigneur de Cholet et de Mortagne et comte de Chemillé qui, à la fin du XVIIIe siècle, croisa des moutons « Landes de Bretagne » avec des moutons des Flandres, ce qui donna les races dites de Mortagne ou de Cholet. On retrouve des traces de ces races dans des archives du XIXe siècle, ainsi que sur des photographies du début du XXe siècle.

Ces animaux sont élevés exclusivement en plein air et sont nourris à l'herbe avec juste un peu d'avoine avant l'agnelage. Le mouton de Belle-Ile est un mouton rustique et prolifique. Sa croissance lente lui permet de ne pas faire de graisse, ce qui donne une viande particulièrement fine et savoureuse.

*
**

Comme convenu, à la Toussaint 2019, Florence et Olivier Bertholet se sont rendus en fin de matinée au domicile saumurois des Morin.

Le moine berger de La Bergerie du Seigneur les avait invités pour le déjeuner fixé à 13 heures. Tablant sur moins d'une heure de route, les deux couples sont partis vers La Garenne-sur-Loire peu avant midi.

Le GPS de bord n'a pas été inutile pour aider Olivier à trouver le chemin du Pont du Magasin et finir par tomber sur la fermette et ses dépendances situées en un lieu très isolé.

La barrière d'entrée avait été laissée ouverte pour que les invités puissent pénétrer avec leur véhicule et venir se garer près de l'entrée d'une modeste longère aux murs en pierre de tuffeau érodés et à la toiture couverte d'ardoises moussues. À chacune de ses extrémités, un appentis y était adossé, l'un servant au stockage de paille et de foin et l'autre de moindre importance de garage pour une voiture. À proximité, un hangar abritait les animaux. Non loin, un plan d'eau était en partie masqué par le rideau d'arbres qui l'entourait.

C'est une jeune femme qui a accueilli les nouveaux venus sur le pas de la porte, il s'agissait de Juliette, l'ancienne pensionnaire de Mademoiselle Imbert et à présent la femme de Benoît Joubert. Elle était vêtue d'une robe longue bleu foncé d'une seule pièce et ses cheveux étaient dissimulés sous un foulard.

« On se croirait chez les mormons, glissa Florence à l'oreille de Myriam.

L'hôtesse les fit entrer dans une grande salle, à la fois salon et salle à manger. Il y flottait une agréable odeur de cuisine.

— Bonjour. Vous avez fait bonne route ? Vous n'avez pas eu trop de mal à nous trouver ?

— Nous sommes un peu en avance. Le GPS fait des miracles, répondit Olivier Bertholet.

— Mon mari Benoît est dans la cuisine, il surveille un plat qu'il a préparé pour vous et qui mijote. Je vous présente Cécilia, une amie qui fait partie de notre communauté.

Rousse flamboyante aux yeux verts, la femme d'une trentaine d'années était plutôt jolie. Elle portait la même robe que Juliette. Son teint étonnamment pâle rendait son regard fascinant. Sans prononcer un mot, elle salua les hôtes d'un mouvement de la tête, puis continua de placer des serviettes en papier près de chacune des assiettes.

— Voici mon mari, annonça Juliette en voyant apparaître Benoît à la porte de la cuisine. Il était vêtu d'une longue robe blanche à manches avec une capuche, en fait une djellaba.

— Bonjour. Vous êtes les bienvenus à la Bergerie du Seigneur. Que le Seigneur soit avec vous. Il me semble vous avoir déjà vu, présuma Benoît Joubert en s'adressant au couple Bertholet.

— Nous nous sommes effectivement entrevus lors de la cérémonie d'adieu à Mademoiselle Imbert.

— Ah oui ! Quel bien triste souvenir. Que Dieu garde son âme en paix. Et vous, vous êtes donc Monsieur Morin ?

— Oui. Je vous présente ma femme, Myriam.

— Enchanté. Que vous soyez béni. Encore merci de vous intéresser au projet que je partage avec les membres de la communauté. Je vous propose de passer à table sans plus tarder. Nous allons en parler. Après le repas, je vous ferai visiter le domaine, en particulier la chapelle et le site que nous souhaitons mettre en valeur. Juliette, si tu veux bien placer les convives », ordonna le maître des lieux qui avait toute l'apparence d'un gourou.

Florence Bertholet eut un peu de mal à reconnaître en lui le prêtre tiré à quatre épingles qui a officié au crématorium de Montreuil-Juigné. Les cheveux longs grisonnants, la barbe en broussaille, il portait une djellaba d'un blanc immaculé qui tranchait avec son apparence plutôt hirsute. Elle corrigea sa première impression en considérant que le trio était plutôt habillé à la mode musulmane, ce qui ne fut pas sans la surprendre.

L'épouse manifestement obéissante désigna à chacun sa place sur un long banc, puis elle alla s'asseoir à la droite de son maître et Cécilia à sa gauche. Placées face au gourou, Florence et Myriam étaient encadrées de leurs maris.

À peine étaient-ils tous installés qu'une femme habillée comme les deux autres surgit de la cuisine et apporta à chacun un bol de soupe, avant de disparaître là d'où elle venait.

« Cette soupe à base de vermicelle et d'épices va vous réconforter. Ce matin de bonne heure, j'ai constaté qu'il a gelé, justifia Benoît Joubert.

— La soupe est très parfumée, fit remarquer Olivier.

— Oui, elle est à base de gingembre, de curcuma, de paprika et d'herbes aromatiques.

— La serveuse ne déjeune pas avec nous ? demanda Florence intriguée par le dévouement, pour ne pas dire la dévotion des femmes.

— Non, elle a déjà pris son repas avec les autres.

— Vous êtes combien ici ?

— Ici, nous sommes actuellement six. Deux femmes, comme c'est cas de Cécilia, vivent pour le moment à l'extérieur. Avec Juliette, nous avons un petit garçon, annonça Benoît.

— Il dort ? demanda Florence.

— Oui, il est dans notre chambre qui se trouve au bout de la maison. Sa nounou veille sur lui, répondit Juliette.

— J'ai l'impression que toutes les femmes ont un rôle, avança Myriam.

— Tout à fait. Elles s'occupent du troupeau, de la fabrication des fromages et de leur vente. Elles sont aussi chargées de la cuisine et du potager et de diverses autres activités. Juliette et moi nous nous chargeons de l'administration du domaine, précisa le moine berger.

— Et vous Cécilia, que faites-vous ? interrogea Florence.

— Cécilia ne vit pas avec nous de façon permanente, elle réside à Angers. Elle est une amie de longue date. Elle séjourne ici de temps à autre pour m'aider à différentes tâches, répondit à sa place Juliette.

— Bon. Voici le plat que j'ai préparé hier soir et dont je surveillais le mijotage. Il s'agit d'un ragoût d'agneau avec des légumes provenant de notre jardin : carottes, navets, poireaux, fenouils, oignons, ail, bouquet garni et épices variés.

— Vous manger vos animaux ? s'étonna Florence.

— Bien sûr. Nous avons eu les premières naissances au printemps. Nous ne gardons pas les mâles qui sont vendus et nous nous en réservons quelques-uns pour notre consommation. Nous conservons bien sûr les agnelles, ce qui permet d'augmenter le troupeau et d'assurer le remplacement des brebis qui ne produiront plus assez de lait et seront vendues.

— Ce que nous allons déguster et qui sent fort bon est donc de votre élevage ? demanda Bernard Morin.

— Oui. Nous avons engraissé deux agneaux mâles qui ont été sacrifiés et congelés. Vous allez voir, cette race produit une chair fine et savoureuse avec peu de graisse, assura Benoît Joubert.

— C'est vous qui l'avez tué ? demanda Myriam un peu gênée.

— Oui », répondit l'éleveur qui aurait pu lui préciser qu'elle allait consommer une viande halal.

Les convives apprécièrent effectivement ce ragoût d'agneau dont la viande fondante n'était pas uniquement due au mijotage, mais aussi à la race et à la jeunesse de l'animal.

Puis, arriva un plateau de fromages constitué des trois spécialités de la Bergerie du Seigneur : une brique de brebis à pâte molle et croûte fleurie, une tomme à pâte pressée non cuite et un bleu de brebis.

Chaque convive coupa un morceau de chacun des fromages pour les déguster. Grand amateur de Roquefort, Olivier Bertholet fit part de son étonnement.

« Ce bleu est formidable. Il vaut vraiment le meilleur Roquefort. Comment faites-vous ? Vous n'avez pas de cave comme on en trouve dans l'Aveyron.

— Ça, c'est le secret de Roger, le maître fromager des anciens propriétaires. Il a assuré la formation des femmes qui fabriquent les fromages et il les conseille toujours. Tout à l'heure, je vais vous conduire jusqu'au site où je souhaite que soient réalisées des projections sur la falaise. Il y a une galerie dans laquelle ont été cultivés des champignons de Paris. Une cheminée en assure l'aération. Nous avons remplacé la porte d'entrée qui était en bois plein par une grille afin de favoriser la circulation de l'air, c'est l'un des secrets de la fabrication du Roquefort que nous produisons ici en toute petite quantité. Je suis ravi que vous l'appréciiez.

— Accompagné de ce blanc de Saumur, c'est parfait, confirma Olivier Bertholet.

— J'ai l'impression que vous vivez pratiquement en autosuffisance, avança Florence.

— Effectivement. Nous avons le lait et les fromages, ainsi que la viande de mouton que nous consommons exceptionnellement toutefois. Nous élevons aussi des volailles et des lapins. Des poules nous fournissent des œufs. Et puis, il y a le potager pour les légumes et le verger pour les fruits. La femme qui est en cuisine vous a préparé une tarte Tatin avec nos pommes, nous allons la déguster avec une flûte de pétillant saumurois, annonça le moine bon vivant qui au début du repas n'a pas dit le bénédicité, ce qui n'a pas échappé à la pieuse Myriam.

Au moment du dessert, un garçonnet d'environ dix ans fit irruption dans la salle et vint se blottir contre Cécilia.

— Ali, je t'avais demandé de rester bien sage avec ta tata.

— Tati Michèle m'a autorisé, répliqua le gamin plein de vie.

— Ali est le garçon de Cécilia. Il vit avec nous, car sa maman n'a pas la possibilité de le garder avec elle, dans la mesure où elle travaille dans un salon de coiffure. Comme j'étais enseignante, je m'occupe de sa scolarisation, intervint Juliette qui ne semblait pas souhaiter que la mère s'exprime.

D'ailleurs, à part les quelques mots qu'elle venait d'adresser à son fils, elle n'avait pas ouvert la bouche depuis l'arrivée des visiteurs. L'enfant chercha à s'asseoir sur les genoux de sa mère, ce qui lui valut une réprimande de la part du maître des lieux.

— Non Ali, pas ça. Ce n'est plus de ton âge. Va retrouver Mireille dans cuisine. Elle va te donner du dessert.

Manifestement impressionné par l'ordre qu'il venait de recevoir, le gamin au teint plutôt mat et aux cheveux foncés s'exécuta sans insister.

Peut-être réveillé par la voix forte du maître de maison, les pleurs d'un enfant se firent entendre à l'autre bout de la salle.

— C'est mon petit garçon. Il a dû entendre son père. Il ne faut pas s'inquiéter, sa nounou est avec lui, expliqua Juliette à voix basse.

— Il a quel âge ? demanda Florence.

— Huit mois.

— Comment se prénomme-t-il ?

— Astrolabe, répondit la jeune mère.

Cette annonce laissa Florence sans voix. Non seulement elle venait d'apprendre que le prêtre défroqué était père, mais que le couple avait donné à leur enfant un prénom qui n'a rien de chrétien et qui était celui du fils de Héloïse et d'Abélard.

— Votre domaine doit être grand pour que les brebis puissent pâturer à longueur d'année, demanda Olivier Bertholet pour briser le silence.

— Nous disposons d'environ 7 hectares de pâturage formés de trois parcelles entourées de haies bocagères. Elles nous permettent de faire paître les bêtes en alternance de l'une à l'autre afin de laisser le temps à l'herbe de repousser. Le sol calcaire n'est pas bien riche, mais ce qui y pousse convient parfaitement à cette race de moutons rustiques. Je vois que l'heure avance. Si nous ne voulons pas être pris pas la tombée de la nuit, je vous propose de nous rendre sur le site situé à quelques centaines de mètres vers le haut. Au passage, je vous ferai visiter la chapelle. On vous offrira un café ou un thé au retour. Cela vous réchauffera, même si le Seigneur nous offre un peu de soleil. Mesdames, souhaitez-vous vraiment nous accompagner ? Vous pouvez rester ici si vous le souhaitez.

— Non, non. On vous accompagne. Avant, est-il possible de voir les brebis ? sollicita Myriam.

— Oui, mais il faut faire vite. Aller, en route ! » lança le berger en effilant un paletot en peau de mouton et en s'emparant d'un bâton en guise de houlette.

*
**

Benoît Joubert conduisit d'abord les visiteurs jusqu'à la bergerie qui ne servait pratiquement que pendant la période d'agnelage et bien sûr pour la traite. Puis, sans s'attarder, ils s'engagèrent dans un chemin de terre. À environ 100 mètres de la longère, ils traversèrent un sous-bois dans lequel étaient implantés deux mobile homes. Il s'agissait des logements des femmes de la communauté. Aucune ne se montra à moins qu'elles n'aient été occupées ailleurs. Pourtant, les vagissements d'un nouveau-né se firent entendre.

Afin d'échanger leurs impressions sans être entendues du guide, Florence et Myriam se laissèrent volontairement distancer par les trois hommes qui parlaient de techniques scénographiques.

« Florence, tout cela est bien bizarre. Nous devions rencontrer un prêtre catholique défroqué redevenu moine et j'ai l'impression que nous avons affaire à un imam.

— Myriam, je partage tout à fait ton impression. Je crois que le père Joubert s'est converti à l'islam, peut-être pour se venger d'avoir été exclu de l'Église romaine.

— C'est bien possible à en juger pas sa tenue et celles des femmes que nous avons vues. Je crois qu'il n'est pas très compliqué de se convertir à l'islam.

— Effectivement. Pour m'être un peu documenté sur cette religion compte tenu de ce qu'elle engendre depuis quelques années, je crois qu'il suffit de prononcer, devant témoins, une formule appelée la shahâda. Je suis incapable de la citer en arabe, mais elle signifie quelque chose comme : « J'atteste qu'il n'y a pas de divinité excepté Allah et j'atteste que Mahomet est le Messager d'Allah ».

— Myriam, de mon côté j'ai découvert que dans l'islam, Mahomet est identifié au Paraclet, c'est-à-dire le Saint-Esprit, dont la venue est annoncée par le Christ dans l'Évangile de Jean. Comme je suis convaincu que Benoît Joubert est très inspiré par l'histoire d'Abélard qui aurait bien voulu finir sa vie auprès de sa chère Héloïse devenue abbesse de l'abbaye du Paraclet qu'il avait fondée, tout cela a probablement une cohérence pour le théologien qu'il est.

— Sans doute.

— Pendant le repas, si les femmes n'ont bu que de l'eau, l'imam Joubert, je crois que l'on peut le nommer ainsi, ne s'est pourtant pas privé de vin.

— À ma connaissance, l'islam ne proscrit pas la consommation d'alcool, mais l'ivresse.

— Il est vrai qu'il a consommé avec modération, mais manifestement en connaisseur. Myriam, tu n'entends pas des chants ?

— Oui. Tu as raison. Je viens de voir nos maris disparaître derrière la haie qui est devant nous sur notre droite. Juste avant, d'un mouvement du bras, Bernard nous a fait signe de venir. Pressons donc le pas ».

Derrière la haie, les deux amies découvrirent une jolie chapelle aux abords bien entretenus. Les hommes les attendaient à l'entrée. Lorsqu'elles les eurent rejoints, Benoît Joubert poussa doucement la porte et leur proposa d'entrer. L'intrusion eut pour effet d'interrompre instantanément le chant de deux femmes, elles aussi vêtues d'une robe longue gris-bleu d'une seule pièce. Elles étaient voilées. Après un moment de silence, à l'unisson elles entonnèrent une prière dont on ne pouvait dire si elle s'adressait à Dieu ou à celui qui était à la tête d'une communauté quelque peu singulière.

« *Père, merci de me rappeler encore une fois que Tu es le bon berger. Tu veux que je sois aussi une bonne brebis afin que Tu puisses prendre soin de moi. Mais c'est au-delà de mes forces. C'est pourquoi je viens plaider Ta grâce, Ta capacité surnaturelle qui me donne d'accomplir Ta volonté et de T'être agréable. Merci parce que désormais je suis réellement une brebis utile et agréable à Toi. Sois-en glorifié, au nom de Christ-Jésus. Amen.* »

La prière terminée, Benoît Joubert ne s'attarda pas. Sans un mot pour les prieuses, il invita ses hôtes à bien vouloir ressortir. Myriam nota qu'il ne s'était pas plus signé en entrant dans la chapelle qu'en sortant.

« La chapelle fait partie du projet auquel vous allez participer. Elle sera la première étape d'un pèlerinage qui mènera au lieu où je vous conduis. Il se trouve au pied de la ligne d'arbres que vous apercevez là-bas », indiqua le moine berger en pointant son bâton dans la direction.

Les marcheurs reprirent leur randonnée sur le chemin qui montait légèrement vers un rideau de végétation. À proximité, ils abordèrent une dépression naturelle du terrain qui leur permit de découvrir une falaise d'une dizaine de mètres de hauteur sur environ le double de longueur. Cette topographie montrait que le plateau calcaire de la rive gauche de la Loire était bien présent, mais le grand fleuve à l'apparence sauvage n'avait pas eu à le tailler pour poursuivre sa route vers l'océan.

Un peu surpris, les visiteurs descendirent des gradins jusqu'à une aire en forme de demi-cercle parfaitement plane. À gauche, sur le fronton calcaire figurait une représentation réduite assez stylisée de ce qui était en principe la façade occidentale de la cathédrale Saint-Maurice d'Angers.

« Avec les colonnes, toute proportion gardée cela fait un peu penser au Temple de Pétra en Jordanie. Pourquoi ces colonnes ? La cathédrale Saint-Maurice n'en a pas, demanda Florence Bertholet.

— Vous avez bien vu. J'ai moi-même fait le dessin de cette façade et j'ai voulu associer deux religions qui ont un même dieu, justifia le moine théologien.

— C'est donc là que vous souhaitez faire une projection en vidéo mapping, c'est-à-dire une fresque lumineuse de la tapisserie de l'Apocalypse ?

— Oui. Entre la façade du temple cathédrale et l'entrée de la cave à droite.

— Je ne vois aucune difficulté technique pour répondre à votre demande. Je pense que l'on doit parvenir à créer une scénographie intéressante, assura Olivier Bertholet.

— Toi qui connais bien la technique vidéo mapping, qu'est-ce que tu vois comme type de matériel à utiliser, demanda Gérard Morin.

— D'abord, la taille de l'image et la distance de projection sont liées par une formule mathématique très simple qui est le rapport de la distance de projection sur la largeur de l'image. Ce ratio de projection est une caractéristique propre à un vidéoprojecteur. Il est compris entre 0,3 et 12. Plus ce nombre est grand, plus on a besoin d'une distance de recul importante. Ici, il me semble que le recul ne peut être supérieur à 4 mètres. Si l'on veut une image de 5 mètres de large, le ratio 4/5 détermine le choix du vidéoprojecteur.

— Et quel est le prix d'un vidéo projecteur ? demanda Benoît Joubert.

— De 700 à 2 000 euros HT, environ. À cela, il faut ajouter le logiciel mapping. Sous réserve d'un devis précis, votre projet représente un budget sans doute compris entre 2 000 et 3 000 euros. Il y a aussi le problème de l'alimentation électrique. Je crois qu'il n'y en pas ici.

— Effectivement, mais il existe une arrivée à la chapelle que je veux aussi illuminer.

— Il y a donc environ 200 mètres de câble à tirer entre la chapelle et ici. Cela va finir par représenter un coût significatif, annonça Olivier qui se demandait si le moine berger allait disposer de ce financement. Il s'interrogeait aussi sur le fait de savoir si les revenus de l'élevage et de la fromagerie pouvaient suffisait aux besoins de la communauté, même si elle était pratiquement en autosuffisance alimentaire.

Comme s'il avait deviné son interrogation, Benoît Joubert lui répondit.

— Nous pouvons assurer le financement de ce projet. Nous allons progressivement augmenter le nombre de brebis, ce qui va permettre d'accroître la production de fromages. Et puis, les femmes ont toutes une activité lucrative complémentaire à ce qu'elles font sur le domaine. Elles proposent des travaux de couture, fabriquent des savons au lait de brebis, de la lessive à la cendre de bois et des gâteaux secs maison que vous allez pouvoir apprécier tout à l'heure avec un café ou un thé. De son côté, Juliette donne aussi des cours de soutien scolaire par Internet. En plus, nous avons des bienfaiteurs et nous recevons des dons.

— Les mises en scène lumineuses que vous voulez réaliser à la chapelle et surtout ici ne sont destinées qu'à votre communauté ? demanda Florence Bertholet.

— Non, ce sera ouvert au public à la belle saison, en soirée. Les visiteurs seront accueillis à la chapelle à laquelle on peut accéder directement sans passer par la ferme. Des femmes chanteront des chants de méditation et moi-même je déclamerai des versets de la Bible selon Jean sur le Christ et ses Brebis. Puis, une retraite aux flambeaux les mènera jusqu'ici pour un spectacle son et lumière et la projection des différents tableaux de la tapisserie de l'Apocalypse. Il y aura sur place une petite restauration avec buvette. Nous proposerons des fouets au fromage et des pâtisseries maison. À la ferme, nous prévoyons d'ouvrir une boutique pour des ventes sur place.

— Vous ne manquez vraiment pas d'idées. Quand pensez-vous pouvoir commencer toutes ces animations ?

— J'espère dès l'été prochain.

— La restauration se fera en plein air, questionna Bernard.

— Non, dans l'amorce d'une galerie que nous allons aménager.

— Celle où vous affinez votre fromage persillé.

— Non, à côté. Vous ne pouvez pas la voir, car elle est encore dissimulée par des descentes de lierre et des broussailles. C'était l'état général du site il y a quelque mois encore. Nous allons bientôt entreprendre le défrichage et la mise à niveau du sol. Venez, je vais vous faire visiter la cave », proposa le prêtre défroqué qui pensait manifestement à tout.

L'accès à la cave avait été condamné par une grille comportant une serrure. Le propriétaire des lieux plongea la main dans la poche de sa djellaba pour en extraire la clé d'entrée.

Vers le fond de la galerie longue d'environ 100 mètres, un rond de clarté au sol marquait l'emplacement d'une cheminée d'aération. À l'intérieur, la température était agréable par rapport à l'extérieur. Benoît Joubert fouilla dans l'autre poche de sa robe pour en sortir une petite lampe d'une incroyable luminosité.

« Ce sera mieux lorsque vous m'aurez installé l'électricité. Sur les côtés de la galerie principale, il y a des cavités plus ou moins profondes. C'est là que sont cultivées les endives que vous avez consommées tout à l'heure. J'envisage aussi de produire des champignons de Paris, ce qui a été la destination de la cave pendant des décennies. Je vais vous conduire jusqu'à l'alvéole où s'affine le fromage persillé que vous avez apprécié comme du Roquefort. C'est Roger Courtois qui l'a choisi en raison de son taux d'humidité et de son niveau d'aération. Voici nos bébés qui maturent sur des clayettes en bois de châtaignier.

— Pourquoi le bois de châtaignier ? demanda Olivier.

— C'est un bois qui résiste bien à l'humidité et qui n'est pas attaqué par les parasites. Notre production est encore modeste, mais vos appréciations nous encouragent à l'augmenter. Tenez, je vous offre un pain qui est à point. Vous vous le partagerez.

— Vous êtes trop gentil.

— Mais non. C'est pour vous remercier d'accepter de vous occuper de mes projets.

— Quand souhaitez-vous que l'on entreprenne les travaux ?

— Au printemps prochain. Je voudrais bien faire une première ouverture au public à l'été 2020.

— Je vais rapidement établir un devis complet que vous devrez valider, annonça Bernard Morin.

— Vous travaillerez ensemble ? demanda Benoît Joubert à Olivier Bertholet.

— Non. Mon ami Bernard assura le chantier avec son compagnon. Par contre, je le conseillerai pour la vidéo mapping et pour son installation. Je reviendrai sur place pour vérifier le bon fonctionnement et l'effet produit qui promet d'être formidable pour ce qui concerne les tapisseries de l'Apocalypse.

— Comme représentante de la DRAC des Pays de Loire qui assure la conservation de ce chef-d'œuvre pour le compte du ministère de la Culture, je suis impatiente de voir le résultat de cette vidéo mapping de la tenture de l'Apocalypse. Il est possible que mon amie Marina Krapsy, conseillère auprès du ministre, veuille aussi assister à la première. Vous seriez d'accord ? demanda Florence.

— Oui, bien sûr », promit Benoît Joubert manifestement ravi et même honoré que son projet soit pris au sérieux et puisse aboutir.

De retour à la ferme, les invités sirotèrent un café ou un thé chaud en grignotant de délicieux sablés au beurre de caramel et à la poudre de noisette faits maison.

Ce que Florence Bertholet découvrait ici lui rappela que dans certains monastères les religieux ou religieuses n'ont pas leur pareil pour fabriquer des produits de qualité : fromages, gâteaux, miel, liqueurs, vins...

Le gourou de La Bergerie du Seigneur avait manifestement l'intention de développer au maximum des activités lucratives en exploitant son troupeau de brebis humaines et animales.

*
**

Sur la route de retour vers Saumur, alors que les hommes parlaient encore technique, à l'arrière de la voiture les femmes échangèrent leurs premières impressions sur la visite qu'ils venaient de faire.

« Ce prêtre défroqué est pour le moins surprenant. Même s'il parle très bien et se montre affable, je le crois un peu dérangé. Ce n'est pas étonnant s'il a été évincé de l'Église. Pour moi, il est un gourou qui exploite des femmes. Tu as remarqué comme elles semblent le craindre et sont toujours prêtes à lui obéir en tout, commenta Myriam.

— Il a certainement une personnalité complexe tout à fait hors du commun. Il se comporte effectivement comme un gourou. De sa culture religieuse il a gardé une vénération absolue pour saint Jean dont il doit parfaitement connaître les textes sur l'Apocalypse et les versets de la Bible sur le Christ et ses Brebis.

— Tu as raison. C'est manifestement ce qui le guide.

— En dehors de l'aspect religieux dont il se sert, il a une personnalité plutôt inquiétante. Je le vois à la fois pervers, imposteur et mégalomane, soutint Florence.

— Rien que ça. Et tu penses qu'il faut collaborer à ses projets ?

— Tu sais Myriam, les génies ont assez souvent des personnalités troubles. Et, je crois qu'il en est un peu un. Son obsession pour les tapisseries de l'Apocalypse est singulière. Elle serait justifiée par sa parenté présumée avec Louis-François Joubert qui a sauvé la tenture d'une destruction totale. Il veut qu'elle soit remise sous la protection de Dieu. Comme il a compris que sa quête est vaine et comme il se prend un peu pour Dieu, il veut l'avoir sous sa protection, même en image virtuelle.

— Oui, mais il semble vouloir en tirer quelques profits.

— Il lui faut bien trouver les moyens de faire vivre sa communauté, d'autant qu'il y a plusieurs enfants, justifia Florence.

— C'est vrai, il y a le garçon de Cécilia, Ali je crois, dont le père doit être antillais ou maghrébin. Et puis, le bébé de Juliette qu'elle n'a pas cherché à nous montrer et un autre que nous avons entendu en passant près des mobile homes. Tu te rends compte, ils l'ont prénommé Astrolabe, le fils de Héloïse et Abélard qui a été à l'origine de leurs malheurs.

— Florence, j'ai lu quelque chose sur Héloïse et Abélard, mais toi qui sembles bien connaître leur histoire, tu m'en diras plus.

— Si tu veux. En attendant, avoir donné ce prénom à leur enfant confirme qu'ils se prennent pour ce couple dont l'union est devenue le mythe universel de l'amour libre.

— Astrolable n'est pas un prénom usuel et il n'est pas chrétien. Tu en connais l'origine.

— L'idée de ce prénom effectivement inédit vient de Héloïse qui était très savante. Il semble qu'elle a voulu honorer très subtilement le père et le grand-père de son enfant. Astrolabe désigne un instrument d'astrologie, mais il peut aussi signifier : « celui qui atteint les astres ». Pour elle, son fils était nécessairement un être supérieur, l'enfant-guide qui montrera la direction de l'Orient, de Jérusalem où son grand-père est allé défendre la Terre sainte. Elle a ainsi voulu rendre hommage à la grandeur d'Abélard et au renouveau du monde engagé par ceux qui, comme son père Gilbert de Garlande, ont en 1099 reconquis Jérusalem.

— Cela me paraît passionnant. Florence, il faudra que tu me racontes tout ça plus en détail ou que tu me conseilles un livre.

— Bien sûr.

— Tu te souviens, lorsque nous avons traversé le sous-bois où se trouvent des mobile homes, nous avons entendu les pleurs d'un nourrisson. J'ai comme l'impression que le gourou de La Bergerie du Seigneur y est pour quelque chose.

— Myriam, que veux-tu dire par là ?

— D'abord, il s'agit d'un bébé et en principe, Benoît Joubert est le seul homme de la communauté.

Et puis, si je me souviens bien de mes lectures de la Bible, il est dit que quand le berger prend soin de ses brebis, les nourrit, les soigne, les protège jusqu'à ce qu'elle aborde la maturité, en retour, elles procréent. Elles participent ainsi à agrandir et étendre le troupeau du maître. Elles réjouissent son cœur et le rend riche et prospère. C'est ce que le Seigneur attend de nous lorsque nous venons à Lui. Nous sommes sauvés pour œuvrer à notre tour afin que d'autres le soient également. Nous ne devons pas être des chrétiens ventripotents qui se prélassent au quotidien, sans n'avoir jamais engendré des fils pour le Royaume. Cet appel a la procréation, l'ex-abbé Joubert ne l'ignore pas et il doit même s'appliquer à le respecter.

— Tu as raison. Comme la plupart des gourous qui endoctrinent des femmes, il ne doit pas se priver d'avoir des relations sexuelles avec elles. La question est de savoir si elles sont consentantes ou totalement sous son emprise.

— Florence, de ce que j'ai vu, je pense qu'elles sont malheureusement totalement sous son emprise. Toutefois, je ferai une exception pour sa femme et Cécilia. Si elles lui sont manifestement obéissantes, j'ai le sentiment qu'elles sont pour lui des inspiratrices.

— C'est sans doute le cas pour ce qui concerne Juliette puisqu'il doit la considérer comme étant Héloïse dont Lamartine a dit qu'elle est la femme qui inventa l'Amour.

— Et Cécilia ?

— Il y a quelque chose de particulier entre eux, mais je ne crois pas que cela relève de sentiments amoureux.

— Vous avez fini avec vos phantasmes sentimentaux ? Nous arrivons ! », annonça Bernard Morin en se tournant vers les passagères.

*
**

Avant les fêtes de fin d'année, Bernard Morin et son ouvrier sont retournés à La Bergerie du Seigneur afin de recueillir des éléments complémentaires pour l'établissement du devis des travaux et convenir de la date de début qui fut fixée à partir de la mi-avril 2020. Ils devraient durer une semaine. Les deux professionnels ont reçu un accueil toujours aussi chaleureux de la part du maître des lieux, mais les femmes se montrèrent encore plus discrètes.

Benoît Joubert avait particulièrement insisté pour que ses projets soient opérationnels dès la fin du mois de juin, ce que l'artisan électricien lui avait promis. Mais, un évènement sanitaire allait contrarier leur réalisation au grand dam du gourou de La Garenne-sur-Loire.

L'HEXAKOSIOIHEXEKONTA-HEXAPHOBIE

La maladie à coronavirus ou Covid-19 est apparue le 16 novembre 2019 à Wuhan en Chine, avant de se propager dans le monde.

Le 30 janvier 2020, l'Organisation mondiale de la santé a prononcé l'état d'urgence de santé publique de portée internationale.

En France, le premier malade officiel de la Covid-19 a été hospitalisé à Bordeaux quelques jours avant l'alarme de l'OMS. Puis, d'autres cas se sont déclarés sur le territoire national entraînant les premiers décès.

Le 17 février a débuté à Mulhouse, en Alsace, un rassemblement évangélique de quatre jours réunissant environ 2 500 personnes venues de toute la France. Il a été estimé qu'à cette occasion environ 2 000 participants ont été infectés par la Covid-19, ce qui a entraîné la contamination de nombreuses personnes à travers le pays.

La pandémie de Covid-19 s'est alors rapidement étendue, ce qui a amené les autorités à prendre des mesures sanitaires de prévention, puis plus radicales en décrétant le confinement de la population, c'est-à-dire l'interdiction de déplacements sans motifs valables. Décidée à compter du 17 mars 2020, la mesure fut prolongée à deux reprises pour être portée jusqu'au 11 mai suivant.

Lorsqu'il apprit que le confinement pourrait être reconduit, Bernard Morin téléphona à Benoît Joubert pour l'informer que la date convenue des travaux fixée à la mi-avril risquait d'être compromise.

« Bonjour Monsieur Joubert. Comment allez-vous ?

— Appelez-moi frère Benoît, si vous le voulez bien, demanda celui qui semblait tenir à son état de religieux.

— Très bien. Comment vivez-vous le confinement ?

— Pour la communauté, il n'y a pas de problème, le retrait fait partie de notre mode de vie. Par contre, nous avons dû nous adapter pour notre activité commerciale.

— Je viens d'apprendre que la mesure allait être prolongée. Je suis donc dans l'obligation de reporter le début des travaux à une date qui reste à déterminer.

— Ce n'est pas pour me plaire, mais voilà lorsque l'on ne respecte pas la volonté de Dieu.

— Quelle est donc cette volonté ?

— Il y a quelque temps, j'ai déjà exprimé Sa volonté dans mes prêches et je n'ai pas été entendu. Mes prédictions n'ont pas été crues. Cette pandémie est la Bête selon l'Apocalypse de Jean. Elle est un fléau annonciateur de la fin des temps. Bientôt, Dieu me rendra raison en semant la peur par un signe qui ne trompe pas, annonça le moine pasteur de La Bergerie du Seigneur sur un ton belliqueux.

— Frère Benoît, il ne faut pas dramatiser, cela va finir pas s'arranger, assura Bernard Morin très surpris par les propos et la colère de son interlocuteur.

— Cela s'arrangera avec l'arrivée du Christ et du Nouveau Monde. Je vous le dis. Ce n'est pas un hasard si, en France, tout a commencé par le rassemblement des évangélistes à Mulhouse. Leur église croit que la Bible est la parole de Dieu et que seules la foi et l'expérience personnelles sont les sources de la connaissance spirituelle. Les églises catholiques considèrent que la Parole de Dieu est révélée à travers l'enseignement infaillible de l'Église catholique romaine, mais je le dis cet enseignement n'est pas infaillible. Je suis désormais plus évangéliste que catholique, car je crois plus que jamais à la parole de Dieu écrite dans la Bible et en particulier dans le testament de Jean.

— Bien ! Selon l'évolution de la situation, je vous recontacterai. On finira bien par satisfaire votre demande, abrégea Bernard Morin qui ne comprenait pas grand-chose aux questions religieuses.

— Ma demande est celle de Dieu. Si elle n'est pas exaucée, le monde en pâtira », menaça le théologien en raccrochant brusquement.

Très surpris par les propos vindicatifs de son interlocuteur, Bernard fit part à sa femme de sa conversation avec son étrange client.

« Myriam, je crois que je ne vais pas donner suite à la demande de travaux du propriétaire de la Bergerie du Seigneur. J'ai l'impression qu'il est fou.

— Qu'est-ce qui te fait dire cela ? Lorsque nous l'avons vu, tu n'avais pas la même appréciation. Tu l'as trouvé original, mais sympathique.

— En parlant de la pandémie de Covid-19 qui m'oblige à reconsidérer la date de début des travaux, il m'a annoncé l'arrivée du Christ et du Nouveau Monde. Il a justifié cette prophétie par le rassemblement des évangélistes à Mulhouse qu'il considère comme ses frères. Dans la mesure où ces derniers croient que la Bible est La parole de Dieu, ils en sont, selon lui, les messagers. Il considère que la Covid est la Bête de l'Apocalypse qui répand ce fléau. Il m'a aussi dit qu'il a déjà fait ces prédictions et que l'on ne l'a pas entendu. J'avoue ne pas comprendre grand-chose à ces élucubrations, mais pour moi il n'est pas net. En plus, il fulminait vraiment. Les gens qui habitent en appartement supportent souvent mal le confinement, mais lui, ce n'est pas le cas, il vit dans la nature et de façon plutôt isolée.

— Que tu ne comprennes rien à ses prophéties ne m'étonne pas, car tu es un vrai agnostique. C'est un religieux de surcroît théologien pour qui ces sujets font partie de ses modes de pensée.

— Peut-être, mais de là à évoquer la fin du monde. Et puis, qu'est-ce que c'est que cette Bête de l'Apocalypse qui serait responsable de la propagation de la Covid ?

— La Bête de l'Apocalypse est une figure de l'eschatologie chrétienne.

— Une figure de quoi ?

— L'eschatologie chrétienne est une composante de la théologie chrétienne qui étudie les croyances religieuses concernant la fin des temps. Elle traite de la mort, des évènements derniers et notamment de la fin du monde. Il n'est donc pas étonnant que l'ancien prêtre théologien évoque cette discipline religieuse. D'ailleurs, selon Florence, il l'a déjà fait dans l'exercice de son sacerdoce, ce qui lui a valu de se faire remarquer.

— Cela ne m'étonne pas. Et la Bête ?

— Dans l'Apocalypse selon Jean, il s'agit de la vision cauchemardesque d'un dragon et de deux bêtes, l'une dotée de sept têtes et dix cornes venant de la mer et l'autre terrestre ressemblant à un léopard avec des pattes d'ours et une gueule de lion. Cette vision est représentée dans la tenture de l'Apocalypse que l'ex-abbé Joubert voudrait voir réintégrer un lieu de culte, en l'occurrence la cathédrale Saint-Maurice. Comme il n'a bien sûr pas obtenu satisfaction, son projet est d'en sanctuariser l'image sur un site de son domaine de La Bergerie du Seigneur pour en faire un objet de culte.

— Et que vient faire la Bête avec la Covid qui est déjà responsable de tant de morts.

— Il doit assimiler la Covid à la peste, l'un des fléaux de l'Apocalypse.

— Tout ça n'est pas très catholique, si je peux dire. Ça me conforte dans l'idée de ne pas confirmer mon engagement avec ce personnage qui, à y réfléchir, est plutôt inquiétant. Je vais téléphoner à Olivier pour avoir son avis. »

Quelques minutes plus tard, c'est Florence Bertholet que Bernard Morin eut en ligne.

« Bonjour Florence, comme allez-vous tous les deux ?

— Ça va. On s'habitue. Le confinement me donne plus de temps pour la lecture et je pratique le télétravail avec la DRAC.

— J'appelle pour avoir l'avis d'Olivier. Je peux lui parler ?

— Il est actuellement à son atelier. Toujours débordant d'idées, il travaille sur des maquettes de spectacles. Tu as de nouveaux projets malgré la situation sanitaire ?

— Non. Je voudrais son avis au sujet de la demande du propriétaire de La Bergerie du Seigneur que je viens d'avoir au téléphone.

— Il s'impatiente ?

— Plus que ça, il s'est montré menaçant s'il n'obtient pas satisfaction.

— Il t'a menacé ? Ce n'est tout de même pas ta faute si l'on est confronté à cette pandémie.

— En fait, il menace la Terre entière et promet l'Apocalypse si son projet n'est pas réalisé. Comme je l'ai dit à Myriam, je crois qu'il est fou. Je n'ai pas reconnu l'homme affable et courtois que nous avons rencontré il y a quelque temps.

— Il recommence donc avec ses imprécations plutôt délirantes. Je vais en parler à Marina Krapsy qui suit de près ce qui se passe à Angers depuis l'incendie au château et les deux meurtres qui semblent avoir un rapport avec la tenture de l'Apocalypse et la religion. Quelle est ton intention en ce qui concerne les travaux qu'il t'a commandés ?

— Je crois que ne vais pas y donner suite. C'est à ce sujet que je souhaite avoir l'avis d'Olivier.

— Écoute, je lui en parle. Il est actuellement à son atelier. Il te rappelle.

— OK ! »

En attendant le retour de son mari, Florence téléphona à son amie Marina qui avait parlé au ministre de la Culture du projet du moine berger de la Garenne-sur-Loire. Ce dernier s'était montré plus que réservé sur la pertinence de cette initiative, considérant qu'une autorisation officielle serait nécessaire. Il fut convenu de conseiller à Bernard Morin de ne pas satisfaire à la demande de Benoît Joubert.

Le 31 mars 2020, Bernard Morin téléphona à Benoît Joubert pour lui annoncer qu'en définitive il renonçait à faire les travaux demandés, en raison des circonstances et surtout de la position du ministère de la Culture qui n'était pas favorable au projet. Cette dernière raison eut pour effet de provoquer la colère du gourou de La Bergerie du Seigneur. Il trouva intolérable que l'État laïque s'immisce dans des affaires religieuses et il promit à nouveau le feu du Ciel avant de raccrocher brusquement. Pour son interlocuteur, cette réaction fut la confirmation que l'homme était quelque peu dérangé et peut-être même dangereux

*
**

Quelques jours plus tard, c'est Marina Krapsy qui appela Florence Bertholet pour lui faire part d'une bien curieuse information portée à sa connaissance par l'administrateur du château d'Angers.

« Florence, Pierre Contepoint vient de m'informer que des tracts ont été répandus aux abords du château et un peu en centre-ville. Tu es au courant ?

— Des tracts en plein confinement ? Non, j'ignore. De quoi s'agit-il ?

— Plusieurs dizaines de prospectus portant uniquement le nombre 666 ont été répandues principalement sur la promenade du Bout du Monde qui donne accès à l'entrée du château et sur la promenade Jean-Turc longeant le pied du rempart, mais aussi rue du Vollier et sur le parvis de la cathédrale Saint-Maurice. Quelques exemplaires auraient même été retrouvés boulevard du Maréchal Foch.

— Mais, dans l'Apocalypse ce nombre est associé à la Bête ! s'exclama Florence.

— Tu as raison et cela n'a bien sûr pas échappé à Pierre qui s'est bien gardé d'en faire état autour de lui. Le nombre 666 exprime une phobie qui tire son origine d'un verset de l'Apocalypse. Il y est indiqué que le nombre 666 est le Nombre de la Bête, bête associée à Satan ou à l'Antéchrist.

— Contrarié par le refus qui lui a été opposé de mettre en scène la tenture de l'Apocalypse sur son domaine, j'ai bien l'impression que notre prêtre défroqué est derrière cette initiative. S'il est effectivement à l'origine de ces tracts, il serait donc toujours sous l'empire de ses fantasmes sur l'Apocalypse de Jean. Étant théologien, il est vrai qu'il ne doit rien ignorer des superstitions relatives au nombre 666 qui remonteraient à l'époque où les premiers chrétiens étaient persécutés par l'empereur romain Néron.

— Pourtant, je le vois mal, en cette période de confinement, venir de la Garennes-sur-Loire à Angers pour semer quelques tracts afin de provoquer une peur.

— Marina, je suis un peu de ton avis. Peut-être n'est-il pour rien dans cette initiative qui ressemble à un Poisson d'avril.

— C'est vrai. Je n'y avais pas pensé. Par contre, Pierre Contepoint prend d'autant plus la chose au sérieux qu'il est toujours sous le coup de l'horrible meurtre de Marthe Moreau à deux pas du château. Il a d'ailleurs signalé la découverte de ces tracts à la police. Des policiers sont venus le voir à son bureau au château, mais il a le sentiment qu'ils penchent plutôt pour un canular. Toutefois, ils ont récupéré quelques tracts. Je ne sais pas ce qu'ils vont bien pouvoir en faire et je me demande ce qu'ils vont en déduire. Je ne suis pas du tout convaincu qu'ils vont mener des investigations. Comme tu viens de l'évoquer, eux aussi vont peut-être conclure à une farce de 1er avril.

— Je le pense aussi », confirma Florence Bertholet.

À ce moment-là, les deux amies étaient loin d'imaginer que le canular auquel elles pensaient allait se transformer en une véritable psychose à Angers.

*
**

Il est un fait que, comme le nombre 13, le 666 est un nombre redouté par beaucoup de personnes. Depuis toujours, de nombreuses légendes et superstitions alimentent nos peurs et certains de nos actes : la crainte des chats noirs, le fait de passer sous une échelle porterait malheur, toucher du bois pour contrer un mauvais présage, briser un miroir ou renverser le sel apporterait sept ans de malheur… Tant de mythes qui nous accompagnent au quotidien et dont on en connaît tous quelques-uns.

Vu comme un nombre maudit, car considéré comme celui du Diable, le 666 a, depuis la nuit des temps, enflammé les imaginations au point d'avoir inspiré de nombreux livres, films, musiques ou légendes. Mais pourquoi cette suite de trois 6 inquiète-t-elle autant de gens au point de susciter une véritable phobie appelée l'*hexakosioihexekonta-hexaphobie* ou littéralement la peur du nombre 666.

Le nombre 666 est apparu pour la première fois comme nombre de la Bête dans la Bible, plus précisément dans le Livre de l'Apocalypse où il est mentionné : « *Et personne ne pouvait acheter ou vendre sans porter ce signe : soit le nom de la Bête, soit le nombre correspondant à son nom. C'est ici qu'il faut de la sagesse. Que celui qui a de l'intelligence déchiffre le nombre de la Bête. Ce nombre représente le nom d'un homme, c'est : six cent soixante-six.* »

Ce verset de la Bible indique donc que le nombre 666 est le Nombre de la Bête, bête associée à Satan ou à l'Antéchrist.

Dans le Livre l'Apocalypse, avec le nombre 666 se trouve aussi un jeu biblique qui consiste à additionner la valeur numérique des lettres et des phrases afin de les interpréter.

En dehors de la foi chrétienne, la phobie du nombre 666 est devenue populaire pour avoir été utilisée comme symbole dans de nombreux films d'épouvante et exploitée par diverses rumeurs. De plus, sa dénomination linguistique détrône le mot le plus long qui était « anticonstitutionnellement ».

Les *hexakosioihexekontahexaphobes* évitent au maximum toute chose reliée au nombre 666. Un exemple célèbre est celui de Nancy et Ronald Reagan qui, en 1989, alors qu'ils déménageaient vers leur résidence de Bel-Air à Los Angeles firent changer leur adresse, 666, St. Cloud Road, en 668, St. Cloud Road.

Des femmes ont aussi exprimé leur inquiétude en donnant naissance à un enfant le 6 juin 2006.

En 2007, la BBC évoqua le cas des habitants de la ville de Reeves en Louisiane qui purent choisir de changer le préfixe téléphonique local 666 par 749, après plusieurs années de demandes.

L'Église orthodoxe refuse le nombre 666 sur les cartes nationales d'identité et le pape François a décidé de décliner un chèque de plus d'un million de dollars, car le montant du don était libellé avec le nombre 666.

À la suite de prêches fondamentalistes, le bruit a couru au début des années 1980 que le logo de la multinationale américaine Procter & Gamble spécialisée dans les produits de nettoyage, d'hygiène et pharmaceutiques contenait les chiffres 666 lisibles en miroir et qu'une partie des bénéfices était versée à une église satanique. Procter & Gamble a fini par changer de logo et a intenté depuis 1995 plusieurs procès contre un concurrent qui propageait cette rumeur.

Il est même des personnes qui évitent les références indirectes à ce nombre. Par exemple, la fraction 2/3 a un développement décimal infini qui répète le chiffre 6 et qu'on peut lire comme 0,666 666 666 666... Certains *hexakosioihexekontahexaphobes* gravement atteints par cette phobie évitent donc d'avoir à utiliser des fractions incluant cette répétition de décimales. D'autres peuvent considérer qu'obtenir un brelan de 6 au poker est un signe de malchance, alors que l'on peut considérer que c'est une assez bonne main.

Autre anecdote étonnante. Le village bourguignon de Mâlain situé à 250 kilomètres à l'ouest de Mulhouse a compté exactement 666 habitants. La légende raconte qu'à Mâlain, une jeune et jolie jeune fille aimée de tous les habitants de la bourgade se fit un jour inviter par un homme vêtu de noir, avant de disparaître dans l'antre des Enfers. Ce « trou du diable », comme les villageois l'appelaient communément, se trouverait juste en dessous du château de Mâlain et il mènerait directement jusqu'aux enfers. Il aurait été habité il y a environ 5 700 ans. Ce sont des archéologues qui, lors de fouilles, ont trouvé des ossements humains, des céramiques et des vases. Le trou du diable et la tombe du libre-penseur sont les deux éléments qui font de Mâlain un endroit mystérieux. Cette tombe est située sur la route montante, appelée aussi « la route du Paradis ».

*
**

Une huitaine de jours après cette diffusion de tracts, sur le côté de la Promenade Jean-Turc, au pied de la tour nord-est du château qui domine la Maine, un employé municipal a découvert un homme comme crucifié à la grille d'entrée d'une ancienne poterne. Le corps était pendu, tête en bas, les jambes écartées attachées par les pieds au barreau supérieur. Au niveau de la poitrine, un feuillet portant le nombre 666 était épinglé. Cette fois, il ne s'agissait pas d'un canular. L'*hexakosioihexekontahexaphobie* allait se propager comme une traînée de poudre sans que l'on sache qui avait lancé l'information sur les réseaux sociaux très actifs en cette période de confinement propice aux états dépressifs, surtout chez les femmes et les jeunes.

Dès lors, une véritable psychose se répandit d'abord en Anjou, puis dans toute la France, ce qui ne fut pas sans inquiéter les autorités policières et politiques. Des moyens importants furent mis en œuvre pour découvrir les auteurs de ce meurtre rituel qui évoquait une fois encore l'Apocalypse de Jean qui est, notamment, une réaction aux martyres de Pierre et de Paul. Ces martyrs auraient eu lieu lors de la première persécution contre les chrétiens ordonnée par Néron, après l'incendie de Rome en 64. Il fallait donner sens à ce choc et à ce scandale provoqué par ces exécutions : comment d'innocents ministres de Dieu ont-ils pu être ainsi tués ? Le chapitre XII de l'Apocalypse est un reflet de ces interrogations : *« Mais eux ont vaincu par le sang de l'Agneau et par la parole dont ils ont témoigné, car ils ont méprisé leur vie jusqu'à mourir. Soyez donc dans la joie, vous, les cieux et leurs habitants. Malheur à vous, la terre et la mer, car le Diable est descendu chez vous, frémissant de colère et sachant que ses jours sont comptés »*.

Le texte de l'Apocalypse est le plus imaginatif des textes de la Bible. D'où l'épanouissement de toute une iconographie reprenant les grands motifs de l'Apocalypse de Jean dans la sculpture et la peinture, notamment dans l'art du Moyen Âge. Parmi les représentations importantes, l'on trouve les enluminures du Commentaire de Beatus de Liébana et bien sûr la célèbre tenture de l'Apocalypse d'Angers.

Les policiers ont découvert sur les réseaux sociaux cette référence à l'Apocalypse de Jean, avec parfois des élucubrations propres à aggraver la psychose. Ils ont bien évidemment fait le rapprochement avec les tapisseries de l'Apocalypse exposée au château, mais aussi avec les meurtres à l'arme blanche de Mademoiselle Imbert et de Marthe Moreau. De nouveau leurs soupçons se sont portés vers Benoît Joubert qu'ils n'avaient pas retiré de la liste des suspects. Ce qui les a inquiétés, c'est que la crucifixion de cet homme rappelait le martyre de Pierre. Dans le Texte du Nouveau Testament, le martyre de Pierre est associé à celui par décapitation de Paul sur la route qui mène à Ostie. Ils pouvaient donc craindre un nouveau meurtre par égorgement, mais cette fois la victime serait un homme.

*
**

L'administrateur du château d'Angers fut de nouveau entendu par les enquêteurs auxquels il ne put que dire son émotion et son incompréhension face à ces drames en rapport avec le bien placé sous sa responsabilité. Il leur a de nouveau confié ses soupçons à l'égard du prêtre défroqué qui remplissait toutes les conditions du suspect idéal, par sa parfaite connaissance de la tenture de l'Apocalypse et des textes bibliques, mais aussi en raison de ses menaces réitérées. Mais, les policiers lui ont redit qu'ils n'avaient aucun élément incriminant concernant Benoît Joubert très discret depuis qu'il s'était investi dans son domaine de La Bergerie du Seigneur.

Pierre Contepoint avait fait part de cette audition à Marina Krapsy qui en avait aussitôt parlé au téléphone à Florence Bertholet.

« Bonjour Florence. Comment allez-vous tous les deux. Vous ne souffrez pas trop du confinement ?

— Moi ça va. J'ai la lecture et je fais un peu de télétravail avec la DRAC ? Par contre, Olivier est un peu comme un ours en cage. Heureusement qu'il a son atelier à domicile. Il y passe le plus clair de son temps à concevoir des projets scéniques pour lesquels il réalise des maquettes.

— Nous allons devoir encore être patients, car de source ministérielle le président de la République s'appéterait à annoncer une prolongation du confinement, au moins jusqu'au 15 avril. Cela n'empêche pas les drames. Tu as entendu parler de ce qui s'est passé à Angers.

— Oui, d'autant que les réseaux sociaux se sont enflammés. C'est affreux, cet homme mort crucifié au pied du château. Je suis plus que jamais convaincu que l'ex-abbé Joubert y est pour quelque chose.

— Je le pense aussi, mais les enquêteurs ne semblent pas disposer d'indices le liant à la scène de crime. Pierre Contepoint qui vient d'être entendu me l'a confirmé. Là encore, les policiers sont perplexes quant à sa mise en cause. Ils le voient mal crucifier la tête en bas ce malheureux homme. Pour eux, ils étaient au moins deux pour suspendre la victime par les pieds.

— Ses pieds étaient cloués ?

— Non, ils étaient attachés au barreau supérieur de la grille qui condamne l'accès à une ancienne poterne.

— La victime n'a pas dû se laisser faire, il n'a donc pas dû être facile pour ses agresseurs de le suspendre ainsi.

— En fait, selon les premières constatations médico-légales, il aurait été préalablement assommé, avant d'être suspendu la tête en bas. Il ne serait pas mort du coup reçu, mais étouffé. Cette fois les enquêteurs y ont mis les grands moyens. La scène de crime a été bouclée toute une journée, pour que les experts de la police scientifique puissent travailler avec la plus grande minutie. Ils ont même figé la scène en 3 D grâce à la photogrammétrie dont la précision est au millimètre. J'ai bien l'impression que seule la science va permettre d'élucider ce crime qui peut en appeler un autre.

— Ah bon ! Et pourquoi donc ?

— Comme tu as pu le voir sur les réseaux sociaux, il est clairement fait un lien avec les martyres de Pierre et de Paul. Pierre a été crucifié la tête en bas et Paul a été décapité, selon le texte de l'Apocalypse. Les policiers redoutent donc un nouveau meurtre par décapitation.

— Marina, toi qui disposes d'informations par le canal ministériel, sais-tu si le Parquet national antiterroriste avance sur le meurtre de Marthe Moreau.

— Il semble que la piste d'un attentat islamique ne soit plus vraiment privilégiée. Je dois dire que les autorités se montrent très discrètes. La presse a été invitée, faute d'informations, à ne pas trop faire d'extrapolations pour ne pas contribuer à la psychose qui s'installe. D'après mon ministre de la Culture, son collègue de l'Intérieur devrait prochainement s'exprimer à la télévision sur ces affaires.

— Tu connais l'identité de la victime ?

— Non.

— Sais-tu si ce monsieur était marié ?

— D'après ce que j'ai compris, il était veuf et âgé de plus de soixante-dix ans.

— A-t-on une idée de ce qu'il faisait en plein confinement du côté de la Promenade Jean-Turc ?

— Probablement en habitué de cette promenade, il devait tout simplement prendre l'air. Il faisait un temps agréable en ce début du mois d'avril.

— On connaît le jour précis de sa mort ?

— Pas vraiment. Il n'aurait été découvert que deux jours après son décès. Là où il a été retrouvé, il était dissimulé par la végétation. D'ailleurs, l'agent municipal qui l'a repéré ne l'a vu que parce qu'il est allé ramasser un emballage jeté de l'autre côté de la petite clôture en bois qui dissuade le public d'approcher trop près du rempart.

— Marina, c'est quand même curieux qu'il n'y ait eu aucun témoin.

— Le confinement fait que moins de gens circulent et il est probable que l'agression a eu lieu à la nuit tombante, donc assez tard.

— Je vais demander à mon mari de contacter Bernard Morin pour voir s'il ne pourrait pas tâter le terrain du côté de La Bergerie du Seigneur afin de savoir comment va le maître des lieux.

— Florence, je ne te conseille pas de mener une enquête parallèle. La police va bien finir par résoudre ces énigmes criminelles qui manifestement doivent avoir un lien. Je peux te dire que pour cela tous les moyens scientifiques sont mis en œuvres. Les assassins les plus prudents laissent toujours des traces et des indices, les enquêteurs en trouveront. D'ailleurs, ils en ont probablement en leur possession, mais il leur faut des preuves pour procéder à des interpellations.

— Je n'en doute pas, mais c'est long quand je pense aux meurtres de Marthe Morin et de Mademoiselle Imbert.

— Tu sais, la science permet parfois d'identifier des assassins de très nombreuses années après leur forfait.

— C'est justement ce qui est inquiétant. Si le rapprochement avec le martyre de Pierre est avéré, il faut s'attendre à celui de Paul. Ce qui veut dire qu'il va y avoir probablement une nouvelle victime.

— C'est vrai, mais j'espère que la police saura l'éviter.

— Espérons !

— Florence, je te quitte. On se tient au courant. Mais une fois encore je ne te conseille pas de chercher à savoir ce qui se passe du côté de La Bergerie du Seigneur. Il est probable que la police va s'y rendre ».

*
**

Quelques jours plus tard, c'est Olivier Bertholet toujours aussi friand d'énigmes policières qui prit l'initiative de téléphoner à Bernard Morin, pour essayer de savoir ce qu'il se passait du côté de La Garennes-sur-Loire. Il l'a convaincu d'appeler Benoît Joubert pour lui laisser entendre que la décision de ne pas donner suite à sa demande de travaux n'était pas irrévocable et qu'il pensait pouvoir obtenir, par l'entremise de ses amis tourangeaux, l'accord du ministère de la Culture pour la réalisation de son projet.

Cette fois, l'électricien-éclairagiste saumurois reçut un accueil très courtois de la part de son interlocuteur, ce qui ne fut pas sans le surprendre compte tenu de la façon dont s'était terminé leur dernier entretien téléphonique.

« Monsieur Morin, c'est très aimable à vous de revenir vers moi pour me dire que vous pensez être en mesure de pouvoir réaliser les travaux pour lesquels vous m'avez communiqué un devis. Je veux simplement vous dire que j'y renonce définitivement.

— Ah bon ! Et pourquoi ?

— Vous savez, avec les membres de ma communauté nous aspirons à vivre dans la tranquillité. Nous venons d'avoir la visite de la police, ce qui n'est pas pour nous plaire. Depuis ce qui s'est passé à Angers, il règne une véritable psychose dans la région. Il est vrai que j'ai eu l'occasion de faire des prédictions apocalyptiques, mais il était de mon devoir de messager de Dieu de les faire.

— C'est ce que vous reprochent les policiers ?

— Non, pas vraiment. Après avoir obtenu mon accord, ils nous ont fait cette visite au motif qu'un parent d'une femme de la communauté se serait plaint qu'elle était en danger au sein d'une secte. Pourtant, elles peuvent recevoir ici les membres de leurs familles quand elles le veulent et il en est même qui sont des clients pour nos fromages. Après les avoir toutes interrogées, les policiers n'ont pu que constater qu'elles ne subissent aucune contrainte, qu'elles sont légalement salariées pour le travail qu'elles effectuent au domaine et qu'elles ont fait le libre choix d'y vivre. Et puis, elles acceptent parfaitement le cadre religieux que je leur propose, ce qui est la moindre des libertés.

— C'est la visite de la police qui vous amène à renoncer à votre projet ?

— Cela nous a fait réfléchir. Nous sommes arrivés à la conclusion que de faire venir du public sur notre domaine ne pourrait que nuire à la tranquillité à laquelle nous aspirons. Nous en avons besoin pour vivre dans la foi du Seigneur Jésus-Christ.

— C'est effectivement votre droit. Bon, je ne vais pas vous importuner plus longtemps. Au revoir monsieur, conclut Bernard Morin un peu surpris par ce qu'il vient d'entendre.

— Au revoir monsieur. Que Dieu vous garde ».

Lorsque Bernard Morin relata cet entretien à Olivier Bertholet, tous les deux sont tombés d'accord sur le fait que les policiers avaient usé d'un prétexte pour faire cette visite domiciliaire à la Bergerie du Seigneur et que Benoît Joubert cherchait à se faire plus discret que jamais.

Il est un fait que les enquêteurs ont trouvé le prétexte d'un signalement fictif pour mise en danger d'une femme au sein de ce qui s'apparente effectivement à une secte. De leur visite, ils n'ont rien trouvé de compromettant pour le gourou. Discrètement, ils ont pris quelques photos et ont décidé d'assurer une surveillance des allées et venues des membres de la communauté. Par ailleurs, ils ont obtenu l'autorisation d'un juge d'instruction de procéder à des écoutes téléphoniques.

La difficulté pour eux va être de trouver le moyen de surveiller nuit et jour le carrefour du Chemin du Pont du Magasin et du Vieux Louet, le point de passage obligé pour se rendre en voiture à la ferme de la Bergerie du Seigneur ou la quitter.

*
**

Le jeudi 23 avril 2020, c'est un véritable coup de tonnerre qui a secoué l'agglomération angevine : le martyre de Paul a bien failli avoir lieu la veille en fin de soirée. Un homme, prénommé en fait Jean-Louis, a été victime d'une agression à l'arme blanche alors qu'il promenait son chien malinois sur le sentier qui longe la rive droite de la Maine.

Au moment où il passait sous le pont qui débouche devant le CHU d'Angers, l'homme a été rejoint par deux femmes vêtues d'un sweet avec capuche et d'un pantalon de jogging, un ensemble gris pour l'une et vert pour l'autre. Toutes les deux avaient leur capuche rabattue et elles portaient un masque chirurgical noir anti Covid.

Alors que le promeneur venait de lancer un morceau de bois pour faire courir son chien, la femme en gris l'a accosté pour lui demander si le chemin était encore long avant de rejoindre la route. Ancien sous-officier parachutiste, le sexagénaire avait une excellente condition physique qu'il entretenait régulièrement et il avait toujours les réflexes de sa formation au close-combat. Comme mû par un sixième sens, il s'était tourné vers la joggeuse en vert et dans le même mouvement s'était saisi fermement du poignet dont la main tenait un cutter. Il fut surpris par la résistance qui lui était opposée. Il dut faire un gros effort pour repousser le bras armé vers le visage de l'assaillante qui ne put éviter que la lame de l'outil tranchant l'atteigne au niveau du nez. C'est alors qu'il ressentit comme une brûlure au côté droit : l'autre joggeuse venait de le poignarder. Il rejeta brutalement la première en arrière et se retourna vivement pour porter un coup violent sur l'avant-bras prolongé d'un couteau qui tomba au sol. C'est alors que le Malinois entra en scène en aboyant furieusement, ce qui a suffi pour faire fuir les deux femmes.

Jean-Louis Marchand a adopté ce chien retraité de l'armée de l'Air qui répond au nom de Goliath. Il était employé à la recherche et à la détection des explosifs, ce qui explique qu'il n'a pas attaqué d'emblée les deux femmes. Il a cependant été très dissuasif.

De retour à son domicile de la rue de Larrey, Jean-Louis Marchand a immédiatement appelé le commissariat de police du secteur Raspail, alors que sa femme s'inquiétait de sa blessure et de ce qui lui était arrivé.

La patrouille la plus proche de l'adresse de l'appelant se trouvant place Bichon, les policiers ne mirent pas plus de dix minutes pour se présenter au domicile de la victime. Constatant que l'homme était blessé, ils décidèrent de le conduire sans tarder à CHU tout proche.

Celui qui a bien failli subir le martyre de Paul leur expliqua succinctement les circonstances de l'agression dont il venait de faire l'objet en leur précisant le lieu où elle s'était produite.

Un policier resta auprès de lui, alors que son collègue se rendit sous le pont pour tenter de retrouver le couteau et éventuellement d'autres indices. Jean-Louis Marchand ayant assuré que l'arme devait toujours être sur place, car il n'avait pas pris le temps de la chercher craignant d'être de nouveau agressé.

Une infirmière aida le blessé à se débarrasser de ses vêtements ensanglantés qui furent mis dans un sac en plastique à la demande du policier. Ils firent l'objet d'analyses qui devraient s'avérer intéressantes, car l'agent de police avait bien remarqué que les taches de sang qui se trouvaient sur la manche gauche de la veste de la victime ne provenaient sans doute pas de sa blessure. La lame effilée et tranchante du couteau s'était enfoncée sur plus de cinq centimètres dans le flanc droit de la victime, au niveau du bourrelet de la taille. Si le coup avait été porté plus à gauche, le rein ou le foie aurait pu être atteint. Des examens complémentaires ont été effectués pour s'assurer que ce n'était pas le cas.

Sur le terrain, en s'éclairant d'une lampe torche l'autre policier retrouva effectivement le couteau dissimulé dans l'herbe.

Cette fois, en plus du témoignage circonstancié de la victime de l'agression, les enquêteurs disposaient de pièces à conviction qui allaient sans doute permettre de faire parler l'ADN des assaillantes. Ils arrivèrent rapidement à la conclusion que Jean-Louis Marchand a failli subir le martyre de Paul, c'est-à-dire une décapitation. Le cutter devait lui trancher la gorge et le couteau était probablement destiné à lui couper la tête.

Ils ont de nouveau été intrigués par le fait que ce sont des femmes qui ont commis cette tentative de meurtre d'une grande violence. Indépendamment de la référence probable au martyre de saint Paul, le mode opératoire rappelait aussi celui du meurtre de Marthe Moreau.

Lors de son audition plus approfondie, Jean-Louis Marchand a déclaré avoir vu un 4 L bleu foncé venir face à lui au moment où il allait descendre vers le sentier qui longe la Maine. Il était certain que le conducteur était un homme, qu'une femme était à côté de lui et qu'une autre personne se trouvait à l'arrière.

*
**

Le mercredi 29 avril 2020, les enquêteurs ont organisé une réunion de crise afin d'analyser la situation à la lumière de ce fait nouveau et surtout des preuves médico-légales que le laboratoire de la police scientifique venait de leur communiquer. Ils ont donc réexaminé les dossiers et les éléments relevés sur les scènes de crime. Cela leur a permis d'étayer la demande de perquisition au domaine de La Bergerie du Seigneur qu'ils ont formulé auprès du juge d'instruction. Comme il existait une suspicion de criminalité organisée voir de terrorisme, le magistrat a délivré une autorisation explicite et écrite permettant d'effectuer cette perquisition en dehors des horaires habituels qui courent de 6 h et 21 h le soir. Elle était coercitive, ce qui signifie que l'accord préalable des occupants du lieu perquisitionné n'a pas été nécessaire et ceux qui étaient présents au moment de la fouille étaient tenus de rester pendant toute la durée de l'opération.

LES SCÈNES DE CRIMES

En fin d'année 2018, Mademoiselle Imbert était sauvagement assassinée à son domicile angevin.

Le médecin légiste a relevé pas moins de vingt-trois plaies faites par un couteau effilé et tranchant. Il a conclu que la victime a d'abord été frappée à plusieurs reprises à la tête avec un pied de lampe en albâtre retrouvé brisé à proximité du corps, avant d'être lardée de coups de couteau dans le thorax et l'abdomen. Les bras et les mains ne portaient aucune trace de violence, ce qui indiquait qu'elle avait été agressée par surprise et qu'elle ne s'était pas défendue. Les projections de sang ayant été importantes, il est probable que le meurtrier en a été éclaboussé. De plus, les yeux de la malheureuse ont été crevés, ce qui est révélateur d'une préoccupation de la part de l'assassin.

Pour les enquêteurs, l'acharnement de l'agresseur montre qu'il connaissait la victime. Ils ont donc orienté leurs investigations vers les proches.

C'est ainsi qu'Édouard, le neveu de Mademoiselle Imbert, a été le premier visé, car il avait un mobile : l'argent. Soit il a pu demander une aide financière à sa tante qui cette fois le lui a refusé ce qui l'a mis dans une colère noire, soit il a voulu anticiper l'héritage dont il était le seul bénéficiaire. Le problème est qu'il a fourni un alibi a priori solide pour justifier son absence d'Angers au moment des faits. Il n'a cependant pas été écarté de la liste des suspects sur laquelle figurent les deux jeunes pensionnaires de la victime, Juliette et Caroline. Cette piste a été explorée, mais il n'a pas permis d'identifier un mobile ou des indices prouvant qu'elles étaient présentes sur la scène de crime. Il en est de même pour Arlette Michauneau, la gouvernante, qui elle aussi était absente au moment des faits. Un cinquième familier de Mademoiselle Imbert, Marcel Ricardier, a lui aussi été suspecté, mais rien n'a permis de l'incriminer.

De nombreuses empreintes palmaires et génétiques ont été relevées au domicile de la victime. Certaines correspondent aux suspects, ce qui n'a rien d'étonnant puisqu'ils fréquentaient la maison. Quelques autres retrouvées dans le salon sont inconnues.

Les spécialistes de la police technique et scientifique ont donc relevé des empreintes correspondant aux cinq suspects potentiels, mais en aucune façon elles les relient à la scène de crime proprement dite. L'arme blanche n'ayant pas été retrouvée, les empreintes digitales et l'ADN de celui ou celle qui la tenait n'ont donc pas pu être identifiés. Par contre, sur le pied de lampe que le meurtrier a empoigné pour assommer la victime des empreintes ont été prélevées, mais elles ne correspondent à aucun des suspects.

Les enquêteurs ont porté beaucoup d'attention au coffre à clés extérieur qui permettait à celles ou ceux connaissant la combinaison d'entrer dans la maison en l'absence de la propriétaire. C'était le cas pour les deux étudiantes et la gouvernante, mais en principe pas pour le neveu et Marcel Ricardier.

Ce coffre ne contenait qu'une clé, celle de la porte d'entrée. Plutôt prudente, Mademoiselle Imbert n'avait pas souhaité que les personnes qui logeaient chez elle en disposent chacune d'un exemplaire au risque de la perdre ou de se la faire voler.

Si l'acharnement du meurtrier laisse à penser qu'il est un familier de la victime, l'absence d'effraction montre que Mademoiselle Imbert a pu lui ouvrir la porte après l'avoir identifié par le visiophone digicode. À moins que l'intrus se soit introduit discrètement chez elle en prenant la clé d'entrée dans le coffret extérieur sécurisé.

Retrouvée allongée sur le dos au pied de l'escalier, Mademoiselle Imbert a dû être surprise au moment où elle allait l'emprunter. Son audition un peu défaillante ne lui a sans doute pas permis d'entendre son assaillant s'approcher.

Lorsque les agents de police sont intervenus, la porte d'entrée était verrouillée et il n'y avait pas de clé dans la serrure. Par contre, un double se trouvait dans le coffret extérieur dont la combinaison a été neutralisée par un serrurier. Lorsqu'ils ont pénétré dans la maison, ils ont trouvé un trousseau complet de clés accroché derrière la porte d'entrée.

Au vu de ces constatations, il est apparu que l'assassin était entré discrètement en utilisant la clé de secours, avait commis son forfait, puis l'avait remise dans le coffret après avoir verrouillé la porte d'entrée derrière lui. Il lui fallait donc connaître la combinaison. Cette conclusion faisait logiquement porter les soupçons sur les deux pensionnaires et la gouvernante.

En dehors du neveu de Mademoiselle Imbert, l'absence de mobile plausible n'a pas permis aux enquêteurs de vraiment creuser la piste des autres suspects potentiels. De plus, tous ont un alibi pour justifier l'impossibilité qu'ils avaient d'être présents sur la scène de crime dans le créneau horaire déterminé par le légiste pour situer le moment de la mort de la victime.

Édouard a déclaré qu'il n'avait pas revu sa tante après le dîner de réveillon de Noël à bord du bateau de croisière en Loire. Il a dit être parti le 25 décembre en début d'après-midi à Paris avec sa conquête du moment pour y fêter le jour de l'An. Cette dernière a confirmé ses dires et les vérifications des policiers ont permis de retrouver son passage aux péages de l'autoroute et à l'hôtel parisien où le couple est descendu.

Arlette Michauneau, la gouvernante, était depuis trois jours chez sa sœur qui réside à Strasbourg avec son mari. Elle y a passé les fêtes de fin d'année en famille, occasion pour elle de retrouver ses neveux et nièces, leurs conjoints et leurs enfants. Tous ont confirmé sa présence parmi eux au moment des faits.

Pour ce qui concerne les deux étudiants pensionnaires chez Mademoiselle Imbert, elles aussi étaient parties dans leur famille dès le premier jour des vacances scolaires. Caroline à Beaufort-en-Vallée, ce qui a été confirmé, et Juliette à Nantes. Pour cette dernière, les enquêteurs ont poussé un peu plus loin leurs investigations en apprenant sa liaison avec l'abbé Joubert. La jeune fille a déclaré l'avoir présenté à ses parents très croyants, en leur annonçant qu'ils entretenaient une relation sentimentale. Beau parleur et séducteur, Benoît Joubert les a conquis et il les a éblouis par sa culture religieuse en leur expliquant sa position sur le célibat des prêtres dans l'Église catholique. Pour tout dire, il les a convaincus en les assurant que sa foi était intacte et peut-être même plus forte grâce à l'amour que leur fille lui portait. Ce qui, selon ses dires, lui permettait d'en donner plus aux autres et à Dieu. « On ne peut vraiment donner que ce que l'on a reçu », leur a-t-il affirmé en contestant par la même la formule de l'Évangile de Saint Jean selon laquelle : « *Un homme ne peut recevoir que ce qui lui a été donné du Ciel* ».

Si le couple a déjeuné et réveillonné en famille à Nantes, il est apparu prématuré, si ce n'est peu séant, que les deux tourtereaux dorment au domicile des parents de Juliette. Ils ont donc passé le reste de la nuit à l'hôtel, ce qui a fragilisé un peu leur alibi, même si leur présence a été confirmée par l'hôtelier. Toutefois, il paraît assez peu probable que Juliette soit revenue à Angers, seule ou avec Benoît, pour tuer sa logeuse ou participer au meurtre.

Pour ce qui est de Marcel Ricardier, il n'a pas été en mesure de fournir un alibi irréfutable, sa femme ayant été la seule à pouvoir confirmer sa présence à leur domicile au moment du crime. De surcroît, des quatre autres suspects, il était le seul qui aurait facilement pu le commettre : il habite à une dizaine de minutes à pied du domicile de la victime qui pouvait l'avoir fait entrer sans problème et il n'ignorait pas l'existence du coffret extérieur. Le fait d'avoir assuré qu'il en ignorait la combinaison n'était pas incontestable.

Même si les policiers n'ont pas pu mettre en évidence un mobile, à ce stade il a été le seul à faire l'objet d'une visite domiciliaire au cours de laquelle il s'est montré très compréhensif et coopératif. Il a même accepté de fournir quelques-uns de ses vêtements, afin de s'assurer qu'ils ne portaient pas des traces de sang. Cette vérification s'est révélée négative.

*
**

Pratiquement un an après le meurtre de Mademoiselle Imbert, c'est Marthe Moreau, l'ancienne lissière d'Aubusson, qui a été retrouvée décapitée dans la rue du Vollier, la voie piétonne qui relie le parvis de la cathédrale Saint-Maurice à la promenade du Bout-Du-Monde sur laquelle ouvre l'entrée du château d'Angers.

Selon ses déclarations, juste avant le début le journal télévisé de 20 heures son mari Robert a téléphoné à Pierre Contepoint. Celui-ci lui a confirmé que sa femme avait quitté le château peu après 19 heures. Pensant qu'elle pouvait avoir rencontré une amie en chemin, Robert ne s'était pas trop inquiété. En attendant son retour, il avait continué de regarder la télévision avant de s'endormir devant.

Ce n'est que vers minuit qu'il a téléphoné au commissariat pour signaler que son épouse n'était pas rentrée à leur domicile et faire part de son inquiétude. Il a bien pensé aller à sa recherche, mais sa mobilité réduite l'en a empêché.

Le policier de permanence a fait de son mieux pour le rassurer en lui promettant qu'une patrouille allait dès que possible venir chez lui. Comme la disparue devait nécessairement traverser la Maine par le pont de Verdun, le fonctionnaire de police s'est bien gardé de lui part de sa première intuition, à savoir une chute accidentelle dans la rivière. Il avait déjà envisagé d'alerter les pompiers pour qu'ils entreprennent des recherches fluviales au lever du jour.

Environ une heure après son appel, une patrouille s'est présentée au domicile de Robert Moreau.

Les policiers ont décidé de faire à pied le trajet d'un peu plus d'un kilomètre que faisait habituellement la disparue. Munis de lampes torches, ils ont inspecté chaque recoin et ils se sont attardés sur les rives de la Maine de chaque côté du pont de Verdun. Mais aucune trace de Marthe Moreau. Puis, ils ont prospecté autour des fontaines de la promenade Jean Turc dans le cas où elle aurait fait une mauvaise chute et qu'elle n'aurait pas été découverte par les très rares passants en cette période de confinement.

Ils ont ensuite gravi la montée Saint-Maurice qui aboutit au parvis de la cathédrale, non avoir inspecté, sur la droite, un espace arboré. Ils ont fait le tour de l'édifice qui n'ouvre qu'à 8 heures du matin. S'ils ne retrouvaient pas trace de Marthe, ils ont songé y revenir à l'ouverture pour s'assurer qu'elle n'y avait pas fait un malaise en allant y prier comme elle en avait l'habitude et qu'elle y serait restée enfermée.

Les policiers ont monté les degrés de l'entrée de la rue Vollier, une voie piétonne étroite et pavée. Peu après, au niveau de la rue adjacente Saint-Paul, les faisceaux de leurs lampes torches ont éclairé une scène d'horreur digne d'un crime de Jack l'Éventreur, sauf que là la victime n'était pas été éventrée, mais décapitée.

Le corps d'une femme gisait au pied du mur de droite, alors que la tête était posée en face sur une borne en granit qui, dans le passé, empêchait les roues des charrettes ou chariots de frotter contre la façade des maisons. Le sang qui s'était écoulé entre les joints des pavés luisants s'était coagulé. Le sac de la victime se trouvait près d'elle. L'un des policiers l'a fouillé avec précaution pour y chercher une éventuelle pièce d'identité qu'il a effectivement trouvée : il s'agissait bien de Marthe Moreau.

Un agent de police est resté sur place pour geler la scène de crime jusqu'à l'arrivée des techniciens d'investigation criminelle, seuls à même d'intervenir pour chercher des indices. Son collègue est retourné au domicile de Robert Moreau, non sans avoir préalablement informé le commissariat par la radio de bord de leur véhicule de service. Il va sans dire que le choc a été violent pour le mari de Marthe.

Il revenait donc aux spécialistes de la police judiciaire de faire parler la scène de crime et au médecin légiste le cadavre.

Aucun indice susceptible de mettre les enquêteurs sur la piste de l'assassin n'a été relevé sur les lieux.

Selon le légiste, l'attaque a nécessité un certain « professionnalisme », c'est d'ailleurs ce qui a aussi conduit le Parquet national antiterroriste à se saisir de l'affaire. La carotide de la victime a été sectionnée avec instrument très tranchant, vraisemblablement un cutter. Le sang a giclé abondamment tant que le cœur battait, ce qui expliquait la quantité étalée sur le pavé. Puis, la tête a été détachée du tronc avec un couteau parfaitement aiguisé, car les chairs n'étaient pas hachées, mais coupées proprement. Le sectionnement de la moelle épinière, des nerfs et d'un disque intervertébral a été tout aussi net. Le meurtrier devait avoir une réelle expertise en matière d'égorgement et de décapitation, d'autant que l'acte a été commis sous le seul éclairage glauque d'un réverbère. La mise en scène qui a consisté à exhiber la tête de la malheureuse était destinée à susciter l'horreur et la peur, comme le font les terroristes de Daech, l'État islamique.

L'enquête de voisinage n'a rien donné : personne n'a rien vu ni entendu. Il est vrai qu'en cette période de confinement et par un froid humide, tout le monde était calfeutré chez soi.

*
**

Début avril 2020, c'est un homme âgé qui a été retrouvé comme crucifié la tête en bas, à la manière du martyre de saint Pierre, l'un des premiers disciples de Jésus Christ.

Armand Girard a été assommé avec un objet contondant et son corps suspendu par les pieds au barreau supérieur de la grille d'une ancienne poterne située au pied de la tour nord-est du château d'Angers. Les jambes étaient écartées et les bras pendants. Selon le légiste, la victime n'est morte des coups reçus à la tête, mais de sa pendaison la tête en bas qui a eu pour effet de provoquer un œdème cérébral et une asphyxie. Selon les constatations médico-légales et l'heure estimée de la mort, il est apparu que l'homme a été agressé en milieu d'après-midi deux jours auparavant. Il est donc peu probable que le meurtrier ou plutôt les meurtriers aient pris le risque d'effectuer cette mise en scène macabre alors qu'il faisait encore jour. Sans doute laissé pour mort après avoir été assommé, le corps de la victime a probablement été dissimulé dans la végétation au pied du rempart du château. Soit le meurtrier est revenu pour s'assurer qu'elle était bien décédée, soit il avait prémédité la crucifixion et il attendait la nuit pour l'effectuer sans être vu avec l'aide d'un complice.

Il est un fait que les restrictions de sorties de la population imposées par la crise sanitaire ont facilité les choses aux tueurs qui risquaient peu d'être surpris par des témoins pendant qu'ils accomplissaient leur forfait.

Armand Girard était veuf. Il vivait seul dans un petit appartement avenue de la Blancheraie, non loin de l'église Saint-Laud où il se rendait régulièrement. Deux fois par semaine, le jeudi et le dimanche, il avait pour habitude de faire une promenade jusqu'au Jardin du Mail. À l'aller, il passait par le boulevard du Roi René, la promenade Jean Turc, les rues de la Baudrière et Saint-Julien afin de rejoindre le boulevard du Maréchal Foch qu'il empruntait pour le retour.

Il était donc facile de repérer ce vieillard et de le surprendre lors de l'une de ses randonnées bihebdomadaires de fin d'après-midi qu'il n'avait pas abandonnées en cette période de confinement. C'est probablement à l'occasion de ses passages par la promenade Jean Turc qu'il a été épié et discrètement suivi pour découvrir ses habitudes.

Là encore, il s'agissait d'une personne pieuse qui fréquentait aussi la cathédrale Saint-Maurice à certaines occasions importantes.

*
**

Le jeudi 23 avril 2020 en fin d'après-midi, un sexagénaire a été agressé alors qu'il promenait son chien, un Malinois réformé de l'armée de l'Air qui était spécialisé dans la détection des explosifs. Âgé d'environ douze ans, l'animal avait été adopté depuis un peu plus d'un an par son nouveau maître, un ancien sous-officier parachutiste de l'Air qui s'était proposé pour lui offrir une retraite dans une famille d'accueil.

Là encore, Jean-Louis Marchand accomplissait un rituel immuable pour permettre à Goliath, toujours très joueur malgré son âge, de se défouler dans le sentier qui longe la Maine, en contrebas du boulevard Arago.

Ce jour-là, au moment où il allait descendre vers la rive, l'ancien militaire a déclaré aux policiers avoir vu venir face à lui une voiture bleu foncé dont le conducteur était un homme. À côté de lui il y avait une femme et une autre personne se trouvait à l'arrière. Il a expliqué que son attention avait été attirée par ce véhicule, une 4 L Renault, que l'on ne voyait pratiquement plus en circulation.

Alors qu'il allait s'engager sous le pont qui débouche au niveau du CHU d'Angers, deux femmes l'ont agressé à l'arme blanche.

Cette fois, les enquêteurs disposent d'un élément capital : le couteau qui a été retrouvé sur place. Il s'agit d'un couteau militaire Ka-Bar dont la lame de 17,5 centimètres de long et de 4 millimètres d'épaisseur très tranchante a une pointe retroussée. Le manche en métal est enveloppé d'anneaux de cuir individuels pressés ensemble pour une meilleure tenue en main. Une garde appelée crossguard sépare la lame du manche afin d'éviter à celui qui manipule le couteau de se couper la main.

Ka-Bar est une marque américaine de couteaux de la firme « Tidioute Cutlery Industry » fondée au XIXe siècle devenue « Ka-Bar » en 1920. Ce nom viendrait d'un pionnier américain qui, attaqué par un ours, a réussi à venir à bout du fauve grâce à son poignard de la Tidioute Cutlery Industry. Pour remercier l'entreprise d'avoir fabriqué ce couteau fiable et performant qui lui a sauvé la vie, il lui adressa une lettre dans laquelle figurait l'expression « Kill a bear » qui signifie « Tuer un ours ». Mais l'encre fit des pâtés si bien que les termes lisibles formaient le mot Ka bar qui fut adopté par la firme.

En 1942, la marque Ka-Bar a soumis à l'United States Marines Corps un couteau modèle 1219 C2 destiné au combat qui fut aussi adopté par l'US

Army, l'US Navy et l'US Coast Guard. Ce modèle toujours utilisé par de nombreux soldats américains est communément appelé « Ka-Bar ». En France, sa vente est interdite aux moins de dix-huit ans.

Cette arme est effectivement redoutable. Non seulement elle pénètre facilement dans le corps, mais un mouvement de bascule vertical ou horizontal sur le manche, selon que la lame a pénétré sur-le-champ ou à plat, provoque des lésions internes hémorragiques généralement mortelles. Le Ka-Bar est idéal pour éventrer et décapiter.

Les enquêteurs ont cherché à savoir qui était le propriétaire de la 4 L Renault bleue qui circulait dans le quartier de la Doutre à Angers avec deux personnes à bord, dont au moins une femme. Ils ont rapidement découvert qu'il s'agissait de Roger Courtois, le maître fromager de La Bergerie du Seigneur. Ils ont donc pensé que les passagères étaient des membres de la communauté de béguines du gourou de La Garenne-sur-Loire. Par contre, ils se sont demandés comment et quand les deux femmes avaient pu quitter le domaine. En effet, aucun véhicule n'avait été enregistré par la caméra de surveillance dans les deux jours qui ont précédé l'agression de l'ancien militaire sur la rive de La Maine. C'est Roger Courtois qui allait leur en livrer l'explication.

*
**

En relisant les dépositions faites par les personnes qu'ils ont entendues, les enquêteurs se sont de nouveau intéressés aux déclarations de Florence Bertholet convaincue de la responsabilité de Benoît Joubert dans la mort de Mademoiselle Imbert. Lors de son audition, elle avait fait le parallèle avec l'Américain Charles Manson, surnommé le « gourou de la mort ». C'est en fait sa fille aînée qui vit aux États-Unis qui a fait le rapprochement avec cette affaire criminelle parmi les plus tristement célèbres de l'histoire américaine.

Au matin du 9 août 1969, la police a découvert une scène de crime apocalyptique dans une villa du quartier de Beverly Hills, à Los Angeles : l'actrice Sharon Tate, l'épouse du cinéaste Roman Polanski enceinte de huit mois et trois de leurs amis gisaient sauvagement assassinés. Un quatrième corps a été découvert dans la propriété.

La nuit suivante, à moins de vingt kilomètres de distance, les LaBianca, un couple fortuné, étaient à leur tour assassinés dans leur villa du quartier de Los Feliz.

La police n'a pas fait tout de suite le rapprochement entre les deux affaires, pourtant leur ressemblance était frappante : sur les deux scènes de crime ont été retrouvées des inscriptions aux murs, elles étaient écrites avec le sang des victimes. La première nuit « Pigs » (porcs) avec le sang de Sharon Tate. La deuxième nuit, avec le sang de Leno LaBianca, plusieurs inscriptions ont été trouvées : « Death to the Pigs » (Mort aux porcs), « Rise » (Lève-toi) et « Healter Skelter » (pouvant signifier « désordonné ») qui est le titre d'une chanson des Beatles.

L'enquête piétinait jusqu'à ce que la police ait connaissance d'une information aussi inespérée qu'inattendue. Au mois d'octobre suivant, une jeune détenue suspectée d'un meurtre commis au mois de juillet précédent sur la personne de son professeur de musique s'est vantée auprès à sa voisine de cellule. Elle lui a dit être responsable de l'assassinat qui obsédait alors l'Amérique, celui de la célèbre actrice Sharon Tate.

Dès lors, tout s'est enchaîné rapidement, la police parvint à retisser les fils de cet été meurtrier, ce qui les a conduits vers un suspect : Charles Manson, un gourou psychopathe. Il fut arrêté avec quatre autres personnes.

Les motivations et l'horreur des crimes reflétaient la folie d'un homme bientôt surnommé le « gourou de la mort ». Le monde découvrit alors l'existence de ce petit homme âgé de 34 ans, au regard hypnotique et au sourire maléfique, mais aussi de ses quatre jeunes complices, tous membres d'un groupe qui se faisait appeler « La Famille ».

Durant leur procès qui s'ouvrit à l'été 1970, les accusés ne manifestèrent aucun remords. Les jeunes femmes se présentèrent au tribunal tout sourire et en chantant. Pour le public présent et les membres du jury, les détails de la tuerie livrés sans aucun ménagement furent insoutenables. Ainsi, Susan Atkins a raconté avoir répondu à Sharon Tate qui la suppliait de l'épargner pour laisser la vie à son bébé : « *Femme, je n'ai aucune pitié pour toi* », avant de lacérer le corps de l'actrice de seize coups de couteau. Son cadavre fut retrouvé avec une corde de nylon autour du cou, la reliant au corps de l'un de ses amis.

Les audiences ont au moins permis d'établir les implications de chacun dans cette barbarie. Leader du groupe, Charles Manson a été condamné pour sa responsabilité morale dans les assassinats. Absent des scènes de crime, il a été celui qui a poussé les quatre membres de sa secte, un homme et trois jeunes femmes, à les commettre.

Les cinq prévenus ont été condamnés à mort, mais la sentence a été commuée en emprisonnement à vie, à la suite de la décision de la Cour suprême de Californie qui déclara la peine capitale inconstitutionnelle.

Durant sa détention, Charles Manson parvint à se remarier derrière les barreaux, ce qui montre la fascination que peuvent avoir des femmes pour les grands criminels.

Le « gourou de la mort » est décédé de causes naturelles le 19 novembre 2017 à l'âge de quatre-vingt-trois ans. C'est l'annonce récente de son décès et le rappel de cette histoire criminelle hors normes par les médias américains qui a conduit Laura Bertholet à faire un rapprochement avec les évènements tragiques d'Angers dont sa mère lui a parlé.

Persuadée que Benoît Joubert est un Charles Manson français, Florence Bertholet a contacté l'inspecteur qui lui avait laissé ses coordonnées pour lui faire part de son pressentiment. Elle l'a suffisamment convaincu pour que les enquêteurs angevins s'intéressent à l'affaire criminelle américaine qui a effectivement des points communs avec celle sur laquelle ils travaillaient d'arrache-pied : trois meurtres épouvantables et une tentative dont ils sont désormais convaincus du lien, l'existence à quelques kilomètres d'Angers de ce qui ressemble fort à une secte avec à sa tête un prêtre défroqué vivant marginalement en compagnie de jeunes femmes à sa dévotion, et la dispersion aux abords du château d'Angers de tracts portant un message codé.

Il est un fait que Charles Manson cherchait dans la musique des messages crypto-apocalyptiques qui l'ont amené à trouver dans le *White Album*, un disque des Beatles sorti en 1968 sous une pochette entièrement blanche, de quoi étayer ses thèses apocalyptiques. En associant des extraits de la Bible à des textes de l'*Album blanc*, il a conçu une étrange prophétie, selon laquelle les Noirs allaient bientôt dominer les Blancs et prendre le pouvoir dans la violence. Il pensait qu'après le renversement de l'élite blanche par les Noirs, ces derniers, incapables d'assumer le pouvoir, feraient appel à lui pour les guider tel le Messie.

Profitant de l'emprise totale qu'il exerçait sur son groupe, le « gourou de la mort » machina les assassinats de l'été 1969, en pensant qu'un tel déchaînement de violence sur des personnes blanches, fortunées et sans défense, ne pourrait que mener les enquêteurs sur la piste d'assassins noirs. Alors, injustement accusés d'être responsables de crimes qu'ils n'ont pas commis, ces derniers se révolteraient une bonne fois pour toutes, provoquant le chaos que Manson appelait de ses vœux et la destruction d'une société qu'il considérait comme responsable de ses malheurs. C'est ainsi qu'à la mi-1967, à l'âge de 32 ans Charles Manson fonda une communauté hippie dont il devint le dirigeant charismatique, le gourou, en se présentant comme une réincarnation du Christ. Des jeunes gens faibles se mirent à lui obéir au doigt et à l'œil. Les filles qui le voyaient comme un père voulaient qu'il soit toujours content. Le gourou profita du contexte de la révolution sexuelle de l'époque pour jouer de son aura physique et les enrôler à coups de LSD, une drogue hallucinogène puissante. Il alla jusqu'à mettre en place un système de privation, surtout la privation de sommeil en les réveillant en pleine nuit afin de leur inculquer ses croyances dont l'apocalypse prochaine.

Afin de précipiter la réalisation de cette prophétie, en août 1969 il demanda à quelques-uns des membres de sa communauté de commettre des assassinats dans les beaux quartiers de Los Angeles, meurtres dont il voulait ensuite faire accuser les Noirs.

Charles Manson était décrit comme un homme intelligent, démoniaque et manipulateur qui se servait de la fascination qu'il exerçait sur les gens, en particulier les femmes, pour devenir une sorte de roi du monde. Sa « Famille » était d'ailleurs principalement constituée de jeunes femmes qu'il considérait comme ses esclaves. Leur usage fréquent de drogues, mais aussi leur pauvreté et leur rupture avec la société les plaçaient sous son emprise psychologique.

Les policiers angevins qui n'avaient rien relevé de suspect lors de leur visite domiciliaire à La Bergerie du Seigneur ont admis que le profil de Benoît Joubert présentait des similitudes avec celui du « gourou de la mort » américain. Ils se sont interrogés sur l'emprise que pouvait avoir le prêtre défroqué sur les femmes qui constituaient sa communauté. Étaient-elles aussi consentantes que ce qu'elles ont bien voulu leur dire ? Étaient-elles uniquement sous la dépendance psychologique du moine berger ou faisaient-elles aussi usage de drogues ? Leur faisait-il subir des sévices pour briser leur résistance ? Les traitait-il comme ses esclaves, sachant que les considérer comme ses « brebis » était déjà un signe de soumission ? Autant de questions auxquelles il leur fallait obtenir des réponses.

Le fait de n'avoir retrouvé aucun indice matériel ou médico-légal reliant Benoît Joubert aux scènes de crime leur a donné à penser qu'il aurait bien pu ordonner à ses « brebis » de commettre des crimes. Comme Manson, ne les avaient-ils pas conditionnées par des considérations apocalyptiques ayant pour référence la tenture exposée au château d'Angers et le texte de l'Apocalypse selon saint Jean ? Le « gourou de la mort » américain faisait lui aussi référence à la Bible et Benoît Joubert en est un spécialiste.

Charles Manson considérait que les Noirs allaient prendre le pouvoir sur les Blancs, Benoît Joubert ne voyait-il pas les musulmans éradiquer les chrétiens déjà discriminés, persécutés, voire assassinés dans les pays islamiques ? Pour se venger de l'Église qui l'a répudié, le prêtre défroqué ne s'était-il pas converti à l'islam et ne faisait-il pas sienne cette comptine entendue dans la bouche d'enfants musulmans ? : « *Demain c'est notre fête, les chrétiens seront nos chiens !* ». Son esprit malade n'a-t-il pas mis en application les imprécations figurant dans le Coran contre ceux qui ne croient pas à la religion d'Allah en conseillant aux musulmans « *de jeter l'effroi dans leurs cœurs, de frapper sur leur cou* » ou encore « *de les conduire à la Géhenne* (l'Enfer) *comme un troupeau à l'abreuvoir* ». En un mot, le gourou de La Bergerie du Seigneur n'était-il pas devenu un djhadiste voulant contribuer à faire de la France un État islamique dans lequel il aurait un pouvoir.

À partir des éléments dont ils disposaient et de l'analyse de la personnalité de Benoît Joubert faite par un profileur, cette hypothèse était devenue très plausible. Il était donc urgent pour les enquêteurs d'aller perquisitionner à La Bergerie du Seigneur et même de procéder à des arrestations, car ils disposaient désormais de preuves médico-légales incriminant des membres de la communauté de La Garenne-sur-Loire.

Ainsi, l'analyse génétique du sang retrouvé sur la lame du Ka-Bar qui avait servi pour l'agression de Jean-Louis Marchand a confirmé que ce sang lui appartenait. Par contre, entre les anneaux de cuir du manche du poignard du sang séché a été détecté et plusieurs empreintes génétiques ont été laissées sur le cuir par celles ou ceux qui ont eu le couteau en main. Le sang séché a permis d'identifier un ADN humain féminin et un ADN animal, en l'occurrence de mouton, ce qui a renvoyé les enquêteurs vers La Bergerie du Seigneur. À leur grande stupéfaction, il est apparu que l'ADN humain féminin était celui de Marthe Moreau.

Quant aux ADN provenant des empreintes génétiques laissées sur le cuir, deux dominaient et il s'agissait une fois encore d'ADN féminin. Là aussi, après un laborieux travail de comparaisons, les résultats fournis par le laboratoire ont sidéré les enquêteurs. En effet, l'un des deux ADN était celui de Juliette Laxard, la compagne de Benoît Joubert. Quant à l'autre profil génétique féminin retrouvé sur le cuir du manche du Ka-Bar, il était identique à celui du sang qui avait éclaboussé la veste de l'ancien parachutiste agressé sur la rive de la Maine. Les enquêteurs ont décidé, à tout hasard, de le rentrer dans le fichier national des empreintes génétiques, le FNAEG créé en juin 1998. Nouvelle grande surprise, ils ont trouvé une correspondance. Les données concernaient une femme, en l'occurrence Chardonnet, Cécilia, Alice, née le 12 février 1992 à Nantes, fille de Philippe et Martine Chardonnet. Cette personne avait été entendue en 2013 dans le cadre d'une enquête pour apologie du terrorisme et antisémitisme effectuée par la police judiciaire de Nantes. Elle faisait suite aux prêches de Seïf Abib, un iman marocain qui soutenait le terrorisme islamique et appelait à la haine des juifs, des mécréants et plus généralement de la société française. Entendu par la police, le chef religieux musulman avait justifié ses propos en affirmant que sa religion, sa culture, ses croyances étaient menacées et traitées injustement. Sa conviction était que la seule solution à cette situation était la violence ou la guerre. Compte tenu de sa radicalisation, une fiche S (pour sureté de l'État) avait été émise par la Direction de la Sécurité intérieure (DGSI). Une fiche S avait aussi été établie pour sa compagne, Cécilia Chardonnet. L'un et l'autre ayant accepté un prélèvement biologique, leur ADN avait donc été répertorié dans le FNAEG.

Les enquêteurs connaissaient désormais l'identité de la deuxième joggeuse qui avait agressé l'ancien militaire. Ils ont même eu accès à sa fiche S qui leur a fourni des informations complémentaires à l'état civil : taille 1 m 75, cheveux roux, yeux verts, teint pâle. Ils ont aussi disposé d'une photo.

En prenant connaissant du physique de la femme radicalisée qu'il fallait absolument retrouver, un policier s'est souvenu d'une déclaration de Florence

Bertholet qui avait eu l'occasion de se rendre à La Bergerie du Seigneur. Elle avait évoqué la présence d'une jeune femme peu loquace, plutôt étrange, à la chevelure flamboyante et au teint pâle. Contactée par téléphone, Florence a confirmé ses dires, ce qui promettait aux policiers d'opérer un beau coup de filet à la Garenne-sur-Loire.

*
**

Sous le coup d'une procédure d'expulsion, Seïf Abib avait préféré retourner au Maroc de son plein gré avec Cécilia Chardonnet et leur fils.

Les imans peuvent non seulement se marier, mais ils en ont le devoir. Les plus traditionalistes s'unissent à une femme par « la fatiha », la sourate d'ouverture du Coran récitée devant un autre imam et quelques témoins. Cette forme de mariage remonte à une société ancienne lorsque peu de gens savaient lire et écrire. Les unions avaient lieu dans de petites communautés où tout le monde se connaissait et devant lesquelles l'on s'engageait.

Certains musulmans pensent encore aujourd'hui que ce mariage *per verba* (par les mots) a autant de valeur et de légalité qu'un mariage profane devant le maire. Sauf que le Maroc fait face au problème des enfants nés de ces mariages informels qui n'ont aucune existence légale, avec toutes les conséquences que l'on peut imaginer.

Ce mariage prononcé selon une procédure religieuse, sans un acte légal écrit devant un maire ou un juge, peut facilement se retourner contre les épouses et les enfants issus de ces unions non officielles d'un point de vue juridique.

Certains hommes, comme Seïf Abib, préféraient encore ce type de mariage par « la fatiha », car ils pouvaient s'en dégager facilement, sans se préoccuper des conséquences ultérieures pour la conjointe et sa descendance. Souvent, ces unions restent assez discrètes, car elles permettent à l'homme de prendre une deuxième femme, parfois à l'insu de la première.

Pourtant, au Maroc la « moudawana », le code de la famille adopté en 2004, a donné un délai de cinq ans pour régulariser tous les mariages coutumiers ou conclus par « la fatiha » encore assez répandus en zone rurale. Alors que ce code de la famille devait compliquer la pratique de la polygamie, il n'a pas eu l'effet escompté, dès lors que tous les imams ne jouent pas le jeu en refusant de procéder à « la fatiha ».

Que la décision de ne pas contracter de mariage légal soit volontaire ou due à l'ignorance, la situation dans laquelle se retrouve la femme et les enfants issus de ce type d'union devient très compliquée au décès du conjoint. La femme qui n'a aucune existence légale en tant qu'épouse n'a aucune légitimité à réclamer quoi que ce soit du patrimoine de feu son époux et elle n'a aucun recours.

À la mort de leur conjoint, les femmes mariées par « la fatiha » se retrouvent donc souvent sans ressource et leurs enfants ne figurent sur aucun document officiel.

Pas d'inscription à l'état civil, pas d'acte de naissance, pas de livret de famille, tout cela signifie : pas d'école, pas d'aide, pas de soins, et des enfants fantômes.

C'est exactement ce qui est arrivé à Cécilia Chardonnet qui a suivi son compagnon marocain à Ouarzazate. Cette ville dont il était originaire est surnommée « Le Hollywood d'Afrique » en raison de la présence de plusieurs studios de cinéma, dont l'un des plus importants au monde : les Atlas Studios. Sa visite permet de voyager à travers l'histoire du septième art.

Peu de temps après leur union religieuse informelle, en 2014 Seïf Abib a décidé de partir faire le djihad en Syrie. Quelques mois plus tard, sa femme radicalisée l'avait rejoint, son fils restant dans sa famille paternelle. C'est parmi les combattants de l'État islamique que Cécilia a subi un entraînement à la guerre et qu'elle a appris à donner la mort.

En 2017, lors de l'opération menée par la coalition internationale à Raqqua contre l'État islamique, Seïf Abib a été tué. Cécilia Chardonnet a quant à elle vécu plusieurs mois sous une tente en plastique avant d'être installée au camp d'Al-Roj, au nord-est de la Syrie, dans une section destinée aux étrangers.

En 2019, la Franco-Marocaine est revenue en France avec son fils par une filière clandestine, ce qui fait qu'elle a échappé aux radars de la police.

*
**

La piste islamiste a donc été relancée avec l'apparition de cette femme radicalisée qui était allée faire le djihad en Syrie avec son mari. Il s'agissait de vérifier si Cécilia Chardonnet était effectivement en lien avec La Bergerie du Seigneur comme le laissaient supposer les déclarations de Florence Bertholet.

Si les policiers avaient de quoi mettre en état d'arrestation Juliette Laxard et Cécilia Chardonnet, ils n'avaient aucun élément pouvant incriminer Benoît Joubert et les autres femmes vivant sur le domaine.

Ils avaient aussi de bonnes raisons pour perquisitionner le domicile de Roger Courtois et même pour l'arrêter. Cette opération a été menée en même temps qu'à La Bergerie du Seigneur. En effet, le véhicule 4 L Renault vu par Jean-Louis Marchand juste avant son agression lui appartenait. De plus, lors de la conversation téléphonique qu'un policier venait d'avoir avec Florence Bertholet, celle-ci a signalé l'existence d'un chemin donnant accès au site où Benoît Joubert souhaitait faire des projections des tapisseries de l'Apocalypse.

Les enquêteurs ont désormais la conviction que Juliette Laxard et Cécilia Chardonnet ont rejoint Roger Courtois par ce côté, échappant ainsi à la surveillance mise en place au niveau du carrefour du Chemin du Pont du Magasin et du Vieux Louet, point de passage obligé pour qui se rendre à la ferme ou la quitter. Sans doute ont-elles eu vent de la surveillance policière dans ce secteur et la visite domiciliaire de la police les a certainement mises sur leurs gardes.

LA MAIN DE DAECH

Le mercredi 28 avril 2020 à 5 h 30 du matin un important déploiement de forces de l'ordre s'est mis en place autour du domaine de La Bergerie du Seigneur. Les gendarmes en ont bouclé les accès, y compris du côté du site de la falaise.

Pendant que des policiers tambourinaient à la porte de la longère, d'autres sont allés réveiller les femmes qui occupaient les mobile homes.

C'est Benoît Joubert qui a fini par ouvrir. Il lui a été signifié que Juliette Laxard et Cécilia Chardonnet étaient en état d'arrestation et faisait l'objet d'un mandat d'amener. Le gourou garda son calme et demanda à en connaître la raison. L'officier de police judiciaire qui menait l'opération lui indiqua que ces deux personnes étaient soupçonnées de meurtre et tentative de meurtre. Quant à lui, il était mis en examen pour présomption de complicité.

« Ce n'est plus du harcèlement, mais de la persécution. Vous êtes déjà venus nous importuner il y a quelque temps et voilà qu'à présent vous nous soupçonnez de meurtre. C'est incroyable. Je…

— Monsieur, je vous demande de prévenir immédiatement les deux personnes que nous devons présenter au juge d'instruction.

— Ma femme dort et puis je ne connais pas l'autre personne. Comment l'appelez-vous déjà ?

— Madame Cécilia Chardonnet. Vous la reconnaissez, demanda l'officier de police en présentant sa photo.

— Non. Pas du tout.

— Elle n'est jamais venue ici ?

— Non, puisque je vous dis que je ne la connais pas.

— Bien. À présent, veuillez aller réveiller votre femme et lui demander de s'habiller.

— Et notre enfant ?

— Une policière va vous accompagner. Elle va s'en occuper avec l'une des femmes de votre communauté.

— Vous n'allez qu'en même pas embarquer tout le monde. Nous n'avons rien fait de mal, mais je vois que le Mal nous menace. Dieu ne laissera pas ses Brebis ainsi opprimées. Je vous le dis, sa colère va s'abattre sur vous et tous ceux qui nous persécutent, clama le prédicateur qui commençait à sérieusement s'énerver en élevant la voix.

Le policier ordonna à deux de ses collègues de se saisir du récalcitrant, de le menotter et de le garder dans la pièce voisine, en l'occurrence la cuisine.

Vêtue d'un peignoir, Juliette Laxard a fini par faire son apparition à l'autre bout du salon salle à manger.

« Madame, je vous prie de bien vouloir vous habiller et de prendre quelques affaires. Vous faites l'objet d'un mandat d'amener pour être présentée à un juge d'instruction.

— Et pour quelle raison ?

— Meurtre et tentative de meurtre.

— Mais je n'ai rien fait.

— C'est ce que vous allez expliquer au juge. Connaissez-vous cette personne ? demanda l'officier de police judiciaire en présentant la photo de Cécilia Chardonnet.

— Non.

— Elle n'est jamais venue ici ?

— Non.

— Bon. À présent, allez-vous habiller.

— Et mon bébé ?

— Vous allez voir cela avec la policière ».

Le nourrisson fut provisoirement confié à l'une des femmes de la communauté qui était en quelque sorte sa nurse, pendant que sa mère était conduite au commissariat d'Angers.

Durant toute la matinée, les policiers auxquels s'étaient joints des gendarmes procédèrent à la perquisition du domaine, en présence de Benoît Joubert.

Les béguines ne furent pas plus loquaces que leur gourou, aucune ne connaissait ou reconnaissait Cécilia Chardonnet.

Vers midi, policiers et gendarmes quittèrent le domaine de La Bergerie du Seigneur avec des éléments de preuve potentielle : ordinateurs, téléphones portables, cordelettes, couteaux…

Benoît Joubert a lui aussi été conduit au commissariat d'Angers avant d'être entendu par le juge d'instruction et confronté à sa femme. Lors de cet interrogatoire, il a bénéficié du droit de faire des déclarations spontanées, de répondre aux questions ou de se taire, ainsi que d'être assisté d'un avocat qui pouvait consulter la procédure et s'entretenir avec son client avant son audition.

Jusqu'à nouvel ordre, les femmes de la communauté furent assignées à résidence au domaine de La Bergerie du Seigneur, aucune charge n'ayant été relevée contre elles aux vues des éléments dont disposaient les enquêteurs à ce stade de l'enquête et des interrogatoires. Toutefois, elles furent examinées par un psychiatre dont la mission a été de déterminer jusqu'à quel degré elles étaient sous l'influence et la domination du gourou.

S'agissant du fils de Cécilia Chardonnet, le juge des enfants décida de son placement en foyer, en attendant d'examiner l'éventualité de son accueil dans sa famille maternelle ou paternelle.

*
**

La perquisition chez Roger Courtois a été fructueuse pour les policiers. Ils sont allés droit au but en lui demandant ce qu'il faisait avec son véhicule 4 L Renault, le jeudi 23 avril 2020 en fin d'après-midi boulevard Arago à Angers avec deux femmes à bord, alors que les déplacements étaient interdits en raison de la crise sanitaire.

« Monsieur Courtois, vous allez devoir nous expliquer, ce que vous faisiez à Angers jeudi dernier. Pour vous déplacer pendant le confinement, vous deviez avoir une raison valable justifiée par une attestation ?

— Euh ! Non !

— Alors que faisiez-vous dans le secteur de la Doutre ? Qui étaient les femmes à bord de votre voiture ?

— Des amies que je raccompagnais à leur domicile.

— Qui étaient ces amies ?

— La femme de Monseigneur Joubert.

— Qui est Monseigneur Joubert ?

— Monsieur Joubert, le propriétaire du domaine de La Bergerie du Seigneur.

— Ah bon ! Parce que vous l'appelez Monseigneur ?

— Oui. C'est un saint homme, confessa Roger Courtois qui montrait ainsi l'emprise que le gourou avait sur lui par des considérations religieuses.

— Donc, Madame Joubert, ou plutôt Juliette Laxard puisqu'ils ne sont en fait pas mariés légalement, se trouvait avec vous ? Vous venez de nous dire que vous la raccompagniez à son domicile, or elle habite à la Garenne-sur-Loire : vous pouvez nous expliquer ?

— En fait, nous raccompagnions son amie qui habite dans le quartier de la Doutre.

— Qui est cette amie ?

— Je ne sais pas.

— Comment ça, vous ne savez pas qui elle est ? Vous transportez une personne de La Garenne-sur-Loire à Angers et vous voulez nous faire croire que vous ignorez son identité ? Monsieur Courtois, je crois que vous allez vers de graves ennuis. Nous allons devoir vous arrêter, annonça le policier pour impressionner le pauvre homme qui perdait pied.

— Et mon chien ?

— Quoi votre chien ?

— Il ne peut pas rester seul, s'exclama le sexagénaire en attirant à lui le border collie assis à ses pieds.

— Si vous ne dites pas qui était l'autre femme à bord de votre voiture, c'est ce qui va arriver.

— Je ne peux pas le dire.

— Et pourquoi ne pouvez-vous pas le dire ?

— Je l'ai juré en confession.

— Et qui vous a confessé ?

— Monseigneur Joubert.

— Quand et où ?

— Vendredi dernier, lors d'une célébration dans la chapelle du domaine.

— Vous étiez seul avec Monsieur Joubert ?

— Non, il y avait tout le monde.

— Écoutez-moi bien Monsieur Courtois, si vous ne nous dites pas qui était l'autre femme, nous allons vous arrêtez pour dissimulation de preuves. Et tant pis pour votre chien qui semble beaucoup tenir à vous.

— Mais je n'ai rien fait de mal.

— Si, car vous ne dites pas la vérité et c'est un pêché. Alors, qui était cette femme ?

— Cécilia.

— Cécilia comment ?

— Je ne sais pas son nom. On l'appelle simplement Cécilia.

— La reconnaissez-vous sur cette photo, demanda le policier.

— Oui.

— Que faisiez-vous avec ces deux femmes ? En fait, vous ne les raccompagniez pas à leur domicile.

— Si, Cécilia habite dans le quartier de la Doutre.

— Qu'elle est son adresse ?

— Je ne la connais pas. Je l'ai déposée à l'entrée d'un ancien monastère.

— Savez-vous si elle travaille ?

— Je crois qu'elle est coiffeuse.

— Vous avez souvent raccompagné cette personne à son domicile ?

— Non. C'est Madame Joubert qui le fait. Elle va la chercher et elle la reconduit à Angers. Mais, l'autre jour elle m'a demandé ce service, car sa voiture était en panne.

— Madame Cécilia vient souvent au domaine.

— Principalement lorsqu'elle est en congés et les week-ends.

— Vous êtes venu les chercher à la ferme ?

— Non, Madame Joubert m'a demandé de les attendre par le haut, à l'entrée du chemin qui mène à la chapelle.

— Pourquoi ?

— Elle m'a dit qu'elles allaient y prier avant de partir et qu'elles voulaient marcher un peu, car il faisait beau. D'ailleurs, elles étaient habillées en tenue de sport.

— Vous les avez donc conduites à Angers, mais pas directement au domicile de Madame Cécilia. Pourquoi ?

— Elles ont encore voulu se promener un peu au bord de la Maine. Le temps était vraiment agréable. Elles m'ont demandé de me garer sur un emplacement de stationnement à l'entrée du boulevard Mirault, en face d'une tour ancienne.

— Et elles sont allées se promener ?

— Oui. Elles sont parties en courant.

— Vous avez remarqué quelqu'un dans les parages ?

— Non. Il y a peu de monde dehors en ce moment. En fait si, juste avant d'aller me garer, j'ai vu un homme qui promenait son chien.

— Vous avez attendu longtemps le retour de vos passagères ?

— Pas trop. Moins d'une demi-heure.

— Vous n'avez rien remarqué de particulier lorsqu'elles sont revenues ?

— Madame Joubert était un peu essoufflée. Elle m'a dit qu'elles avaient couru vite parce qu'elles pensaient m'avoir trop fait attendre.

— Madame Cécilia est montée à l'arrière de la voiture ?

— Oui.

— Vous n'avez rien remarqué la concernant ?

— Non. Je ne l'ai même pas vue, il faisait déjà sombre. Elle est montée et je l'ai déposée là où je vous ai dit. Elle m'a juste souhaité une bonne nuit.

— Avez-vous déjà vu ce couteau ? demanda l'inspecteur en montrant une photo du poignard Ka-Bar.

— Il ressemble à celui qui a servi à égorger un mouton.

— Parce que vous égorgez des moutons ?

— Pas moi. Je ne peux pas faire de mal à ces animaux que j'aime presque autant que mon chien. C'est Madame Cécilia qui l'a fait, car elle dit que la viande doit être halal. Je crois qu'elle est musulmane. Elle a même montré comment faire à madame Joubert.

— Vous avez vu Madame Joubert avec ce poignard en main ?

— Oui et elle s'est même bien débrouillée pour une jeune femme.

— Cette fois-là, monsieur Joubert assistait-il au sacrifice ?

— Oui. C'est même lui qui a encouragé sa femme à le faire.

— Savez-vous ce qu'est devenu ce couteau ?

— Il appartient à Madame Cécilia. Elle l'a rangé dans le petit sac à dos qu'elle porte toujours sur elle.

— Cela ne vous surprend pas qu'une femme détienne un tel couteau ?

— Un peu. Mais après tout, elle a le droit de pouvoir se défendre en cas d'agression. Vous savez, avec tout ce que l'on voit. Ces jeunes femmes violées et assassinées lors d'une sortie dans la nature. Madame Cécilia est très sportive, je l'ai vu partir seule pour courir dans la campagne.

— Monsieur Courtois, je vais vous demander de me donner les clés de votre 4 L.

— Pourquoi ? C'est que j'en ai besoin. C'est moi qui tracte la remorque réfrigérée pour vendre les fromages au marché. On doit y aller samedi.

— Des spécialistes de la police judiciaire vont venir dans l'après-midi afin d'effectuer des prélèvements dans votre voiture.

— Pour faire quoi ?

— Afin de vérifier vos dires. Normalement, vous devriez disposer de votre véhicule dès ce soir. Comme vous avez été coopératif, vous allez rester chez vous. Pour le marché, je crains qu'il soit reporté.

— Pourquoi ?

— Monsieur et Madame Joubert vont probablement être emmenés au commissariat d'Angers.

— Qu'est-ce qu'ils ont fait ?

— C'est ce que nous allons leur demander. Monsieur Courtois, je vous demande de ne pas quitter votre domicile jusqu'à nouvel ordre. C'est sans doute moi qui vais revenir cet après-midi avec des techniciens de l'identité judiciaire qui vont examiner votre voiture. Nous aurons certainement besoin de vous entendre de nouveau. Je vous dis donc à bientôt », déclara l'inspecteur en laissant le pauvre homme un peu abasourdi.

*
**

Après avoir été conduits au commissariat central d'Angers, Benoît Joubert et Juliette Laxard ont été présentés séparément au juge d'instruction.

L'inspecteur qui a entendu Roger Courtois comme témoin avait déjà fait remonter les informations obtenues du brave homme.

Les policiers se sont immédiatement lancés à la recherche de Cécilia Chardonnet qui ne s'était pas fait remarquer depuis son retour de Syrie.

Ils ont commencé par faire le tour des salons de coiffure du quartier de la Doutre en présentant sa photo. Ils ne tardèrent pas à trouver celui où l'ex-djihadiste était salariée, mais elle était absente.

« Depuis quand votre employée ne s'est-elle pas présentée au salon ? Nous souhaitons l'entendre pour une affaire la concernant, justifia l'un des deux policiers auprès de la gérante du salon.

— Depuis vendredi dernier.

— Vous en a-t-elle donné la raison ?

— Oui. Elle m'a téléphoné pour me dire qu'elle n'était pas bien, des problèmes de femme, et qu'elle allait sans doute consulter un médecin.

— Elle vous a rappelée ?

— Oui, pour me dire qu'elle était arrêtée 8 jours.

— Quand l'avez-vous recruté ?

— Elle m'a contacté en début d'année 2021, après la deuxième période de confinement.

— Elle a une formation de coiffeuse ?

— Oui, un CAP obtenu à Nantes. Je dois dire que sa magnifique chevelure m'a vraiment incité à l'engager et à la former plus particulièrement comme coloriste.

— C'est sa teinte naturelle, demanda un policier pour savoir si elle avait l'habitude de se colorer les cheveux.

— Absolument. Et elle y tient beaucoup.

— Vous pouvez nous communiquer son adresse.

— Elle vit en colocation dans un bâtiment d'un ancien monastère appartenant à des religieuses et géré par une association issue d'un mouvement chrétien. C'est un espace de vie où cohabitent des jeunes actifs et des personnes ayant connu la rue ou la galère.

— Savez-vous quelle galère aurait connu Madame Chardonnet ?

— Elle est très peu bavarde et plutôt secrète. Tout ce que je sais, c'est qu'elle était mariée et qu'elle a été abandonnée par son mari d'origine marocaine, je crois. C'est la raison pour laquelle vous souhaitez la rencontrer ? demanda la gérante.

— Oui. Nous allons lui rendre visite. J'espère qu'elle est rétablie », déclara le policier.

À l'adresse qui leur a été communiquée, les deux policiers ont franchi le porche d'entrée et accédé à une cour où ils ont découvert un bâtiment historique. Ils ont été accueillis par l'un des résidents à qui ils ont montré la photo de Cécilia Chardonnet.

« Vous connaissez cette personne ? demanda l'un des policiers.

— Bien sûr. C'est Cécilia Chardonnet. Comment ne pas la reconnaître.

— Elle est là ?

— Non, elle est partie avec sa colocataire.

— Je croyais qu'elle était souffrante.

— Qui vous a dit ça ?

— La gérante du salon de coiffure qui l'emploie.

— Elle s'est juste fait une blessure au visage.

— Comment s'est-elle blessée ?

— Une maladresse au salon de coiffure, nous a-t-elle dit. Elle a des problèmes ?

— Nous aimerions parler avec elle d'une affaire la concernant. Est-elle sportive ?

— Oui. Elle fait beaucoup de marche et de footing.

— Elle est donc sortie pour faire du sport.

— Non, elle est partie en pèlerinage.

— En pèlerinage ? Et où ça ?

— En bonne chrétienne, elle est partie au Mont-Saint-Michel.

— Seule ?

— Non, avec sa colocataire.

— Comment s'appelle la colocataire ?

— Leilah Mansouri.

— Elles sont parties quand ?

— Vendredi en fin de matinée.

— Elles étaient équipées pour faire ce pèlerinage ?

— Elles avaient toutes les deux un petit sac à dos. Elles ont sans doute pris avec elles les « Miquelots pratiques », les listes qui recensent les hébergements situés à proximité de chaque Chemin du Mont-Saint-Michel.

— C'est bizarre que Madame Chardonnet n'ait pas parlé de ce projet à son employeur. À tout hasard, si elle réapparaissait, pouvez-vous lui dire de contacter le commissariat central ? suggéra l'inspecteur qui savait déjà qu'il allait très probablement revenir rapidement pour effectuer une perquisition.

*
**

Amenée devant le juge d'instruction, Juliette Laxard a refusé d'être assistée d'un avocat, considérant qu'elle n'avait rien à se reprocher et qu'elle n'avait donc pas besoin d'être défendue pour des faits auxquels elle se disait étrangère. Elle nia avoir raccompagné son amie à son domicile le jeudi 23 avril à bord de la voiture conduite par Roger Courtois.

« Pourtant, c'est ce qu'il a déclaré ce matin aux policiers qui l'ont interrogé, annonça le juge.

— Il ment. C'est faux. Tout le monde à la communauté vous le dira.

— Il se trouve que le survêtement vert avec capuche trouvé chez vous lors de la perquisition de ce matin correspond à celui que portait l'une des assaillantes de Monsieur Marchand, un ancien militaire.

— Je ne suis certainement pas la seule à porter un tel survêtement.

— Soit. Alors, expliquez-moi la présence de votre ADN sur le manche du poignard utilisé lors de l'agression et avec lequel la victime a été blessée.

— Mais je n'ai pas de poignard. Et puis, vous me voyez poignarder un militaire ?

— Pourtant, monsieur Courtois a reconnu qu'il ressemble au couteau qui a servi à égorger un mouton et il a déclaré que Madame Chardonnet vous a montré comment procéder.

— Vous voyez qu'il ment.

— Madame, vous me prêtez une allégation que je ne partage pas. Vous niez donc avoir eu entre les mains ce couteau dont voici la photo ?

— Bien sûr.

— Vous niez avoir participé à l'égorgement d'un mouton.

— Oui.

— Pourtant, il vous arrive bien de tuer des animaux de votre élevage pour votre consommation ?

— Oui, mais c'est Roger qui s'occupe de ça.

— Sauf qu'il a affirmé être incapable de sacrifier un mouton. Madame, à vous entendre, vous êtes la seule à dire la vérité. Je vous mets en examen pour tentative d'homicide sur la personne de monsieur Jean-Louis Marchand. Cette qualification est susceptible de changer au vu des résultats de l'enquête et des expertises en cours. Compte tenu des faits qui vous sont reprochés et du contexte, je demande votre incarcération immédiate », a conclu le magistrat instructeur.

Lors de son audition, Benoît Joubert nia lui aussi tout en bloc et il défendit sa femme avec véhémence. Pourtant, d'après le témoignage de Roger Courtois le juge d'instruction a acquis la conviction qu'il a briefé toutes les femmes de sa communauté lorsqu'il a appris que le couteau utilisé pour l'agression de l'ancien parachutiste avait été abandonné sur les lieux et qu'il allait probablement être retrouvé par la police. Il est un fait que sa femme a téléphoné à Cécilia Chardonnet pour lui conseiller de disparaître lorsque les policiers se sont présentés pour effectuer une perquisition : l'analyse de la téléphonie l'a révélé.

En définitive, à ce stade rien n'incriminait directement le gourou de La Garenne-sur-Loire. Cependant, le juge l'a mis en examen pour complicité de tentative d'assassinat et l'a placé sous contrôle judiciaire pendant l'instruction. Les menaces apocalyptiques proférées par le prêtre défroqué devant le magistrat instructeur ont probablement contribué à sa décision. Il a même pensé à une mesure d'internement d'office.

Benoît Joubert a donc rejoint libre La Bergerie du Seigneur.

*
**

Les techniciens de l'identité judiciaire ont procédé à un examen minutieux de la 4 L Renault appartenant à Roger Courtois afin de relever les empreintes palmaires et biologiques qui s'y trouvaient. L'objectif étant bien sûr de disposer des preuves que les deux assaillantes de l'ancien parachutiste s'étaient bien trouvées à bord de ce véhicule.

Sur la banquette arrière et sur le tapis de sol en caoutchouc, ils ont fait apparaît des petites taches de sang en pulvérisant du luminol, un composé organique présentant une chimiluminescence qui permet de révéler d'infimes traces d'hémoglobine. Des prélèvements ont été effectués pour une analyse génétique.

Les résultants confirmèrent que ce sang appartenait à Cécilia Chardonnet. Elle était donc bien montée à bord de la 4 L de Roger Courtois après l'agression au cours de laquelle elle a été blessée au visage par le cutter. La concernant, les preuves étaient désormais accablantes. Restait à la retrouver. Un signalement fut communiqué à toutes les forces de police et de gendarmerie de France, en priorité celles de Bretagne.

*
**

Le rapport des deux psychiatres chargés d'évaluer la nature et le degré de dépendance au gourou des femmes de la communauté a révélé que toutes étaient empreintes d'un fervent mysticisme. Par cette attitude spirituelle, elles recherchaient non pas l'union avec Dieu, mais avec leur maître à penser : Benoît Joubert. Elles étaient donc bien sous son emprise et sa domination. Il pouvait obtenir d'elles, ses « brebis », ce qu'il voulait, à commencer par l'obéissance et le silence. Il n'est toutefois pas apparu qu'elles étaient directement impliquées dans les agissements du couple Joubert, mais elles n'en ignoraient probablement pas tout. Il était donc vain pour les enquêteurs d'espérer obtenir d'elles des informations. D'ailleurs, lors des interrogatoires auxquels ils ont procédé sur place, les femmes étaient restées muettes, tout juste avaient-elles accepté de décliner leur identité. En guise de réponse aux questions posées, elles psalmodiaient des prières à voix basse.

À ce stade de l'enquête, le procureur de la République d'Angers a décidé qu'elles pouvaient demeurer dans leurs mobile homes au domaine de La Bergerie du Seigneur et vaquer à leurs occupations habituelles. Toutefois, en attendant les suites de l'enquête, elles ont été placées sous surveillance, comme Benoît Joubert. Une assistante sociale leur rendait régulièrement des visites pour s'assurer du bon traitement des enfants.

*
**

Les enquêteurs avaient désormais la certitude de l'implication de Juliette Laxard et de Cécilia Chardonnet dans les meurtres de Marthe Moreau, d'Anne-Marie Imbert, d'Armand Girard et dans la tentative contre Jean-Louis Marchand.

Ils étaient tout aussi convaincus qu'elles n'avaient pas pu agir seules et qu'elles avaient probablement bénéficié d'une complicité pour commettre les crimes. Ils pensaient qu'un homme au moins y avait participé.

Si Roger Courtois semblait hors de cause, Benoît Joubert était suspecté de complicité, même si rien ne prouvait sa participation directe aux meurtres. Par contre, il apparaissait désormais évident qu'il avait dirigé ses « brebis » à la façon de l'Américain Charles Manson.

Si le mobile des crimes avait manifestement un caractère religieux, il avait évolué dans le mode opératoire, la référence à l'Apocalypse restant toutefois une constante.

Les policiers se sont demandé si Cécilia Chardonnet n'était pas le catalyseur de cette violence meurtrière. Islamiste radicalisée, elle a probablement trouvé en Benoît Joubert un allié dogmatique. C'est sans doute elle qui l'a amené à se convertir à l'islam et à embrasser les thèses de l'idéologie islamiste. Ils ont probablement eu l'un sur l'autre un pouvoir réciproque très fort. Il est apparu que la sexualité était aussi une composante de ce pouvoir.

Si le prêtre défroqué était un dangereux manipulateur d'esprits, la djihadiste était à n'en pas douter une redoutable exécutante des injonctions de Daech. Il est bien possible qu'il y ait eu entre eux une sorte d'émulation dans la mise en scène des meurtres, à savoir l'égorgement et la décapitation à la façon des terroristes islamiques et la référence aux supplices des Hébreux dans la Bible.

Privé de ses bras armés et sous surveillance, Benoît Joubert n'était en principe plus une menace. Par contre, Cécilia Chardonnet qui avait manifestement pris la fuite constituait un réel danger. Il était donc urgent de la retrouver.

*
**

Les policiers ont rapidement obtenu du juge une autorisation écrite pour effectuer une perquisition dans le logement occupé par Cécilia Chardonnet et une colocataire dont les policiers venaient aussi de découvrir qu'elle était suspectée de radicalisation. Ils ont cherché à en savoir plus sur cette autre femme, elle aussi âgée d'une trentaine d'années.

À l'ancien monastère de la Doutre où un bâtiment a été aménagé pour accueillir des personnes en difficulté, les enquêteurs se sont présentés au couple qui en assure l'administration. Ils ont eu la confirmation que les deux femmes recherchées seraient parties en pèlerinage vers le Mont-Saint-Michel. Gendarmes et policiers se sont donc mobilisés sur le chemin d'Angers-Le Mont-Saint-Michel, via Pontmain et Laval. Ce chemin de 168 kilomètres mène les pèlerins de la cathédrale Saint-Maurice d'Angers à la basilique Notre-Dame de Pontmain, pour poursuivre sur 60 kilomètres vers le Mont-Saint-Michel. Aux premières heures, les recherches sont restées infructueuses.

Les enquêteurs ont eu l'intuition que les deux fugitives avaient donné ce prétexte pour justifier leur départ précipité et surtout pour brouiller les pistes. Il leur est apparu effectivement singulier que ces deux islamistes radicalisées soient parties faire un pèlerinage chrétien. L'avis de recherche a donc été étendu à toute la France. Les personnes fichées S dans la région Pays-de-Loire ont été passées en revue pour voir si l'une d'elles n'était pas susceptible d'héberger les deux femmes et, le cas échéant, de préparer un attentat avec elles.

La perquisition du logement qu'elles occupaient dans le quartier de la Doutre leur a fourni des éléments de réponse.

Les policiers ont tout d'abord trouvé un sweet avec capuche et un pantalon de jogging, de couleur gris. S'il avait été porté par Cécilia Chardonnet, il n'y avait aucune trace apparente du sang de sa blessure. Il avait été lavé, mais les techniques médico-légales ont permis de les révéler et d'identifier l'ADN. Ils ont aussi saisi quelques objets et papiers et surtout un ordinateur portable qu'un spécialiste s'est employé à faire parler.

En analysant l'ordinateur, l'expert en informatique et traces technologiques s'est rapidement aperçu que des documents avaient été effacés et des connexions Internet supprimées, ce qui était le signe qu'il contenait des informations compromettantes. Les utilisatrices qui n'avaient pas cherché à se débarrasser de l'appareil ont semblé ignorer que des données peuvent être retrouvées, car elles sont toujours présentes sur le disque dur. C'est ainsi qu'a été découvert le tract semé aux alentours du château d'Angers au début du mois d'avril. Les auteures ont donc été identifiées.

Des échanges par courriel ont tout particulièrement intéressé les enquêteurs. En substance, il était question de semer la terreur et de s'associer à l'abbé Joubert qui prédisait l'Apocalypse. Le correspondant se disait en relation avec des responsables de l'État islamique.

Connaître la localisation géographique de l'expéditeur d'un e-mail est généralement impossible. Seules les autorités, notamment la police, peuvent, avec l'aide des opérateurs, des fournisseurs de services et d'outils adaptés, tracer le chemin d'un mail pour remonter à sa source. Cela a été un peu long, mais les spécialistes y sont parvenus. De plus, la téléphonie leur a apporté de précieux indices et des confirmations.

Parallèlement, les gendarmes ont rendu visite aux parents de Juliette Laxard pour obtenir des informations, en particulier sur ses liens avec Cécilia Chardonnet et peut-être avec Leilah Mansouri. Ils les ont trouvés anéantis par l'incarcération de leur fille et l'accusation dont elle était l'objet. Ils ne voulaient pas y croire. Ils ont tout à fait admis sa relation avec le prêtre défroqué en regrettant toutefois qu'elle ait abandonné l'enseignement.

Quant aux liens entre Juliette et Cécilia, les policiers n'ont rien appris de plus que ce qu'ils savaient déjà et les parents ignoraient qui était Leilah.

*
**

Même si des recherches ont été immédiatement engagées sur le chemin vers le Mont-Saint-Michel, les enquêteurs étaient convaincus que Juliette Laxard et Leilah Mansouri s'étaient mises sous la protection d'un militant islamiste.

L'expert en informatique et traces technologiques est parvenu à situer géographiquement et à identifier l'auteur des mails qui encourageait les deux femmes à commettre des actes terroristes. Après plusieurs jours d'investigations, les limiers de la police ont localisé un Marocain prénommé Ayad qui habitait dans le quartier de la Goutte-d'Or à Paris. Inconnu des services de police, il travaillait dans un restaurant dont la spécialité est le couscous royal.

Une surveillance de son domicile situé au premier étage d'un immeuble a été mise en place, car il était possible que les deux fugitives se soient réfugiées chez lui pour échapper aux recherches de la police.

Ayad Bensaïd était marié, mais sa femme vivait au Maroc. Pourtant, les policiers en planque dans une voiture banalisée ont remarqué que le soir en revenant de son travail, il rapportait des provisions qui ne correspondaient pas aux besoins d'une personne seule.

Au matin du troisième jour d'observation, alors que l'homme était parti à son travail, une femme est apparue furtivement à une fenêtre après avoir ouvert les volets battants. À n'en pas douter, il s'agissait de Cécilia Chardonnet, sa chevelure rousse flamboyante l'avait trahi.

Les policiers décidèrent aussitôt d'agir. Ils arrêtèrent le Marocain sur son lieu de travail et se présentèrent à son domicile. Avant d'intervenir, les deux fonctionnaires de police en planque ont demandé l'accord de leur hiérarchie et du renfort.

L'accès au hall d'entrée de l'immeuble étant libre, les policiers montèrent à l'étage et sonnèrent à la porte de l'appartement. À plusieurs reprises ils se sont annoncés à haute voix, mais ils n'ont obtenu aucune réponse alors qu'ils avaient la certitude qu'au moins une femme était présente à l'intérieur. Après l'avoir signifié, ils n'ont eu d'autre choix que d'enfoncer la porte. L'un d'eux est allé chercher un bélier dans le coffre de leur voiture. Avec cet engin, l'ouverture a été rapide et elle n'a pas trop endommagé l'huisserie.

Arme au poing, tout en criant « police », un policier a fait irruption dans l'appartement suivi de trois collègues qui le couvraient. Brusquement, une femme a surgi de la pièce principale et a fait feu, blessant le fonctionnaire à l'épaule. Les autres ont riposté immédiatement. Cécilia Chardonnet a été mortellement touchée.

Le logement a été rapidement investi. Dans la chambre, les policiers ont découvert une femme terrorisée accroupie dans un coin derrière le lit, il s'agissait de Leilah Mansouri.

En fouillant l'appartement, ils trouvèrent des armes et de la drogue.

*
**

La piste islamiste se confirmant, le Paquet national anti-terroriste a pris l'affaire en main. Le procureur de la République antiterroriste a nommé un juge qui s'est mis en relation avec son collègue d'Angers. Sur les réquisitions du procureur, le juge des libertés et de la détention a prononcé le placement en détention provisoire de Ayad Bensaïd et de Leilah Mansouri.

Dans la mesure où il se confirmait que Cécilia Chardonnet était une dangereuse terroriste et qu'elle avait des liens avec Daech, le procureur de la République d'Angers a mis en examen Benoît Joubert pour relation avec une entreprise terroriste et apologie de la violence. Il a été arrêté et incarcéré.

DÉNOUEMENT

La mort de Cécilia Chardonnet n'a pas arrangé les enquêteurs, car elle aurait pu fournir des informations importantes, pour peu qu'elle ait accepté de coopérer.

Inconnu des services de police, Ayad Bensaïd a choisi le silence, après avoir seulement admis la présence de deux femmes à son domicile et déclaré qu'il avait le droit d'héberger qui il voulait. Prié de s'expliquer sur la présence d'armes et de drogue à son domicile, il a gardé le mutisme.

Très choquée par la mort violente de son amie Cécilia, Leilah s'est trouvée fragilisée psychologiquement et les policiers ont tenté d'en profiter pour la faire craquer.

« Vous connaissez Ayad Bensaïd ?

— Oui.

— Quel lien avez-vous avec lui ?

— Il est mon ami.
— Vous le connaissiez avant de venir chez lui ?
— Oui. J'étais l'une de ses petites amies.
— Il en a donc plusieurs. Pourtant, il est marié.
— Oui, mais sa femme vit au Maroc.
— En tant que petite amie, vos relations ne sont que sentimentales, voire sexuelles ?
— Pas vraiment.
— Ce qui veut dire ?
— Ayad est un frère musulman, il milite pour l'Islam.
— Et vous ?
— Je partage ses croyances.
— Et les autres petites amies ? Combien sont-elles d'ailleurs ?
— Deux. Nous avons les mêmes convictions religieuses.
— Pour défendre ces convictions religieuses, avez-vous mené des actions violentes ?
— Non.
— Et votre amie Cécilia ?
— Je ne saurai le dire.
— Comment avez-vous fait sa connaissance ?
— Cécilia était mariée à un Marocain qui l'a emmené faire le djihad en Syrie. Quand il a été tué, elle est revenue dans la famille marocaine de son mari qui gardait son fils. Avec lui, elle a souhaité retrouver ses parents à Nantes, mais ils ont refusé de la voir. C'est Ayad qui a organisé et financé son rapatriement en France et il l'a logé chez lui. C'est comme ça que j'ai fait sa connaissance et que je suis devenue son amie.

— Comment a-t-elle décidé de se rendre à Angers ?

— Elle ne voulait pas rester à Paris. Elle s'est souvenue de l'institutrice de son fils à Nantes. Elle l'a contacté et c'est ainsi qu'elle a appris que cette amie prénommée Juliette vivait désormais près d'Angers. C'est Juliette qui l'a aidé à trouver un logement et un emploi en assurant la garde de son fils dans la communauté à laquelle elle appartient.

— Avez-vous entendu parler des meurtres commis à Angers ?

— Comme tout le monde.

— Savez-vous si votre amie Cécilia s'y est trouvée mêlée d'une façon ou d'une autre ?

— Je l'ignore.

— Pourquoi l'avez-vous rejoint à Angers et depuis combien de temps cohabitez-vous dans le même logement ?

— C'est Ayad qui me l'a demandé il y a quelques mois.

— Pour quelle raison ?

— Il m'a simplement dit que Cécilia avait des difficultés et qu'elle avait besoin de moi.

— Quels genres de difficultés ?

— Je ne sais pas vraiment. Il voulait qu'elle revienne à Paris, mais elle ne voulait pas. Il m'a alors demandé d'aller la voir pour la convaincre.

— Et vous l'avez convaincue ?

— Pas tout de suite.

— Lorsque vous avez quitté Angers, vous avez déclaré que vous partiez en pèlerinage vers le Mont-Saint-Michel. C'était faux.

— C'était notre intention.

— C'est curieux pour des musulmanes.

— N'y a-t-il que les chrétiens qui visitent le Mont-Saint-Michel ?

— N'était-ce pas plutôt une diversion ? Pourquoi y avez-vous renoncé ?

— Ayad a exigé que l'on retourne à Paris. On ne discute pas ses ordres. Moi, j'ai été élevée comme ça.

— Il est si autoritaire que ça ? Quels droits a-t-il sur vous ?

— Celui des hommes. Si je porte le voile, c'est pour eux.

— Si vous le voulez bien. Et Cécilia, elle a fini par obtempérer ?

— Oui.

— Pourquoi avez-vous prétexté un pèlerinage pour quitter Angers alors qu'en définitive vous alliez à Paris ?

— Cécilia a donné cette raison, car nous ne voulions pas que l'on sache que nous partions à Paris.

— Qui on ? La police ?

— Peut-être ou peut-être pas.

— Madame, je crois que vous allez devoir cesser de vous moquer de nous, s'exclama le policier qui se rendait compte que Leilah Mansouri s'était ressaisie et que désormais elle ne dirait que ce qu'elle voulait bien dire. De plus, il avait le sentiment que l'idée du pèlerinage était bien réelle, mais qu'il aurait été jalonné de meurtres.

— Pourquoi Cécilia n'a-t-elle pas donné cette raison pour justifier son absence auprès de la personne qui l'employait ?

— Parce qu'elle n'aurait pas compris qu'elle abandonnait son travail pour partir en pèlerinage. C'est pour cela qu'elle a donné une raison médicale.

— Elle aurait pu dire qu'elle devait se rendre à Paris pour une raison personnelle.

— On ne voulait pas que l'on sache que nous allions à Paris.

— Ça, on a compris. Comment expliquez-vous la présence d'armes et de drogue au domicile de Monsieur Bensaïd ?

— Il a la passion des armes.

— Votre amie Cécilia l'avait aussi et elle savait s'en servir. On a vu le résultat.

— Il ne fallait pas forcer la porte.

— Il fallait obtempérer.

— Rien ne nous y obligeait.

— Si, la loi. Bon, il faut arrêter ce petit jeu. Répondez pour la drogue.

— Il n'y en avait pas lorsque je suis partie à Angers.

— Si vous le dites. Vous vous droguez ?

— Non.

— Et Cécilia ?

— Non plus.

— Monsieur Bensaïd est donc un trafiquant de drogue ou un dealer.

— C'est à lui qu'il faut poser la question.

— Ayad Bensaïd connaissait-il Seïf Abib, le mari de Cécilia Chardonnet ?

— Demandez-lui.

— Madame, nous allons en rester là. Vous allez être déférée devant un juge d'instruction. Dans votre intérêt, je vous conseille d'être plus coopérative avec lui.

— On verra », lança la jeune femme comme un défi.

*
**

À Angers, la juge d'instruction a fait extraire Juliette Laxard de sa cellule pour lui faire part de ce qui était arrivé à son amie Cécilia.

« Madame, j'ai une mauvaise nouvelle à vous annoncer. Votre amie Cécilia Chardonnet est morte. Elle est morte l'arme au poing après avoir blessé un fonctionnaire de police.

— Où ?

— À Paris, chez une personne que vous devez connaître, Monsieur Ayad Bensaïd.

— Non, ce n'est pas vrai, s'exclama la jeune femme en fondant en larmes.

La magistrate la laissa s'épancher un long moment avant de reprendre l'interrogatoire qui se faisait sans avocat, conformément à la volonté de la prévenue.

« Madame, je crois qu'il est temps de parler. Il y a eu trop de morts. Pensez à votre famille, à votre enfant. Je crois que vous avez été embarquée dans une entreprise terroriste d'envergure qu'il faut neutraliser. Vous êtes une victime. Victime d'idéologues qui détournent la religion à des fins de pouvoir et de domination. Vous avez été sincèrement amoureuse de Monsieur Joubert, mais il est un pervers qui vous a vampirisé. À présent, vous vous en rendez compte, mais vous avez encore du mal à vous soustraire à son emprise psychologique, même en son absence. Et c'est normal. Je vous propose donc de vous faire aider par une psychologue pour vous défaire de cette dépendance. Après, vous verrez que la parole sera plus facile. Êtes-vous d'accord ? demanda la magistrate.

— Oui Madame le juge.

— C'est très bien. Je ne vous reverrai pas avant une huitaine de jours, le temps de faire un travail sur vous avec une psychologue que je vais désigner. Je vais aussi nommer un avocat d'office. Je ne vous cache pas que vous encourrez une lourde peine. Il faut donc que vous soyez bien défendue et si vos aveux permettent de confondre les véritables coupables, votre condamnation sera très certainement allégée. Libérez votre conscience et vous verrez que cela ira mieux pour affronter la justice. Vous êtes jeunes, vous avez encore un avenir, alors ne le sacrifiez pas. M'avez-vous bien comprise ?

— Oui Madame.

— Alors, je compte sur vous », a conclu la juge.

*
**

Du côté du prêtre défroqué qui avait fini par demander l'assistance d'un défenseur, les choses ne se sont pas présentées sous les meilleurs auspices pour obtenir de lui des aveux. Il nia toute implication dans les meurtres commis à Angers et il réfuta totalement d'avoir endoctriné et manipulé les femmes de sa communauté, à commencer par la sienne. Ce qui n'était pas surprenant pour un pervers avéré, comme l'a souligné le psychiatre qui l'a examiné en raison de ses délires apocalyptiques.

Pour son avocat la tâche n'allait pas être facile pour choisir l'angle de la défense. Il pourra plaider l'irresponsabilité totale de son client dans les meurtres auxquels il n'a pas participé directement en avançant l'idée qu'il a lui-même été manipulé par une terroriste ou bien plaider l'abolition du discernement pour des raisons psychiatriques.

*
**

L'audition d'Ayad Bensaïd par un juge d'instruction n'a pas été plus concluante pour faire avancer l'enquête, car le prévenu s'est enfermé dans le mutisme. Toutefois, son silence n'a pas empêché les enquêteurs d'avancer rapidement dans la compréhension du personnage et de son rôle. En creusant la piste des armes et de la drogue, ils ont retrouvé des individus qui ont accepté de parler pour ne pas être accusés d'association de malfaiteurs terroriste, un crime passible de 30 ans de réclusion criminelle. Ils ont donc reconnu un trafic d'armes avec les pays de l'Est et de drogue avec le Maroc, plaque tournante du trafic de cocaïne et de cannabis au Maghreb. Par contre, ils ont nié connaître la destination qu'Ayad donnait aux revenus qu'il en tirait. Pour eux, il s'enrichissait personnellement et blanchissait l'argent au Maroc dans des investissements immobiliers. Du moins, c'est ce qu'il leur avait expliqué sans plus de détails.

Selon leurs investigations et les aveux que Leilah Mansouri a fini par lâcher, les policiers ont rapidement compris qu'Ayad Bensaïd était en quelque sorte un logisticien soutenant financièrement et matériellement des islamistes radicalisés. Son trafic d'armes et de drogue avait ce but. Il est aussi apparu qu'il organisait le retour en France de djihadistes et qu'il avait entrepris de créer un réseau de volontaires prêts à commettre des actions terroristes le moment venu. Sa particularité était de ne solliciter que des jeunes femmes. Ses « petites amies » comme Leilah Mansouri constituaient le noyau de son organisation criminelle qui devait essaimer sur l'ensemble du territoire. Angers était en quelque sorte une expérimentation.

C'est lui qui a organisé et financé le retour en France de Cécilia Chardonnet et de son fils et qui les a hébergés chez lui à Paris. Il savait qu'il avait affaire à une terroriste aguerrie formée dans les rangs de Daech.

Ayad Bensaïd a donc été inculpé d'acte de terrorisme par le juge d'instruction et incarcéré.

*
**

À son retour en France, Cécilia Chardonnet souhaitait revenir à Nantes où réside sa famille, mais ses parents lui ont signifié qu'ils ne souhaitaient plus la voir en raison de son engagement dans la mouvance islamiste.

Alors qu'elle avait l'intention de s'éloigner de la lutte et de l'extrémisme islamique, d'avoir été bannie par ses parents l'a au contraire décidée à agir en assassinant des chrétiens. Ayad l'a aussi convaincu de venger sa mort de son mari tué lors d'une frappe de la coalition internationale en Syrie. Il l'a donc encouragée à semer la terreur dans la perspective du Grand soir de l'islamisme en France.

Cécilia a alors contacté son amie Juliette qui lui a proposé de venir à Angers. C'est ainsi que s'est fait le lien avec Benoît Joubert.

En prenant connaissance de la personnalité et des positions de l'abbé défroqué, Ayad Bensaïd a compris le parti qu'il pouvait en tirer pour son entreprise terroriste et Cécilia allait en être l'une des protagonistes. Elle a donc été chargée de s'immiscer dans les projets du gourou de La Garenne-sur-Loire. Lorsque la situation a été propice à un passage à l'action, Leilah Mansouri est venue la rejoindre afin de l'épauler, c'est elle qui lui a fourni le poignard Ka-Bar acheté par Ayad Bensaïd.

*
**

Après des mois d'interrogatoires et d'investigations, les enquêteurs sont parvenus à dénouer l'écheveau des responsabilités dans les meurtres d'Angers qui n'étaient que les prémices d'autres actions violentes un peu partout en France.

L'assassinat de Mademoiselle Imbert était en fait une façon pour Benoît Joubert de mettre à l'épreuve les capacités criminelles de Cécilia Chardonnet. En contrepartie, le moine berger de la Garenne-sur-Loire avait accepté de se convertir à l'islam et de s'associer aux entreprises meurtrières de celle qui était plus radicalisée que jamais. Comme Juliette, il était convaincu que la responsable des dénonciations le concernant était Mademoiselle Imbert, la sacristaine de l'église Sainte-Madeleine où il officiait. L'un et l'autre lui en voulaient suffisamment pour la désigner comme victime expiatoire de l'Église catholique qui avait exclu l'abbé Joubert.

En réalité, Mademoiselle Imbert n'était l'auteure que de la seconde lettre anonyme, celle qui a dénoncé à l'évêque la profanation par le curé d'un lieu consacré. Benoît et Juliette avaient en effet reproduit dans la sacristie la relation sexuelle qu'Héloïse et Abélard avaient eue dans le réfectoire de l'abbaye d'Argenteuil. Témoin de la scène, la sacristaine n'a pas toléré cet égarement de son confesseur. Sa lettre signalant les faits à l'évêque a été retrouvée dans son ordinateur.

Quant à la première dénonciation, elle était le fait de Caroline, l'autre locataire. Fondamentalement partisane du célibat des prêtres et très croyante, la jeune femme n'a pas admis la relation entre Benoît

Joubert et son amie Juliette. Ayant été le témoin auditif de leurs ébats dans la maison de leur logeuse, elle avait été particulièrement choquée. Son initiative a pu aussi s'expliquer par la jalousie.

Ainsi, pour montrer à Benoît Joubert ce dont elle était capable, Cécilia Chardonnet a agi seule, mais avec la complicité de Juliette qui lui a donné la combinaison du coffre à clés extérieur. Elle a pénétré discrètement de la maison et a surpris Mademoiselle Imbert au moment où elle allait monter à l'étage. Elle s'est emparée d'une lampe posée sur un guéridon pour la frapper par surprise à la tête. Ensuite, elle l'a poignardée avec le couteau Ka-Bar fourni par Leilah Mansouri qu'elle avait dans son sac à dos. Son forfait accompli, elle a refermé la porte avec la clé de secours avant de la remettre dans le coffret extérieur sur lequel ses empreintes digitales ont été retrouvées.

S'agissant du meurtre de Marthe Moreau c'est de nouveau Benoît Joubert qui l'a désignée à son bras armé comme la prochaine victime, mais cette fois au nom de l'apocalypse qu'il appelait de ses vœux, tout comme Cécilia Chardonnet d'ailleurs.

Informé du premier meurtre commis par Cécilia Chardonnet et du second qui était en projet, Ayad Bensaïd exigea qu'il porte la signature d'Al-Qaïda.

Cécilia et Leilah qui résidaient dans le quartier de la Doutre à Angers ont alors épié les habitudes de l'ancienne lissière d'Abusson, avant de passer à l'action dans la rue Vollier. C'est Benoît Joubert qui a choisi symboliquement l'endroit situé entre le château et la cathédrale Saint-Maurice. Il voulait que leur meurtre de la malheureuse qu'il appréciait pourtant soit en rapport avec ses prédications.

Pour Leilah, ce meurtre a été une sorte d'initiation. Avec un cutter Cécilia qui avait appris à tuer en Syrie a égorgé la pauvre femme, puis elle a montré à sa complice comment la décapiter. Elle a ensuite demandé à Leilah d'aller poser la tête sur la borne de granit.

Il se trouve qu'avant de commettre cet horrible forfait, Cécilia a utilisé le couteau Ka-Bar pour égorger le mouton que les couples Bertholet et Morin ont apprécié lors du déjeuner pris à La Bergerie du Seigneur. Il s'agissait de confirmer son savoir-faire au moine devenu imam et a sa femme. Cette dernière a d'ailleurs été invitée à participer à la décapitation de l'animal égorgé.

Les usages faits du couteau Ka-Bar expliquent la présence, entre les anneaux de cuir du manche, de sang mêlé séché duquel ont été extraits un ADN de mouton et celui de Marthe Moreau.

*
**

Le gourou de La Garenne-sur-Loire s'était effectivement inspiré du « gourou de la mort » américain dont deux ouvrages le concernant ont été trouvés lors de la perquisition à La Bergerie du Seigneur :

« Charles Manson par lui-même » et « Il était une fois Charles Manson ».

Charles Manson faisait référence à l'apocalypse de la Bible pour annoncer le renversement de l'élite blanche par les Noirs et Benoît Joubert avait cette même référence pour prédire et contribuer à l'anéantissement des chrétiens par les musulmans. Il avait fini par faire cause commune avec Cécilia Chardonnet et Leilah Mansouri pour l'avènement d'un État islamique en France.

Afin de personnaliser les dernières actions criminelles, le gourou de La Bergerie du Seigneur avait décidé de faire référence aux martyres de saint Pierre qui a été crucifié et de saint Jean qui a été décapité.

De nouveau Cécilia et Leilah ont effectué un repérage pour trouver leur prochaine victime qui devait être crucifiée la tête en bas, selon les recommandations de Benoît Joubert.

Les deux jeunes femmes avaient pris l'habitude de flâner sur la promenade Jean Turc qui longe le pied des remparts nord du château d'Angers. Elles ont ainsi identifié les passages habituels d'Armand Girard. Il ne leur restait plus qu'à tendre un guet-apens au promeneur en ayant prévu de la corde et de quoi l'assommer, en l'occurrence un marteau. Il ne leur a pas été très difficile de mettre K.O. le malheureux vieillard chétif et de le suspendre par les pieds à la grille de l'ancienne poterne.

Les choses se sont moins bien passées avec Jean-Louis Marchand dont la condition physique et les gestes d'autodéfense lui ont permis de faire face à l'agression.

Après lui avoir montré comment égorger un mouton, Cécilia avait exigé que Juliette soit sa coéquipière pour cette opération. Benoît ne s'y était pas opposé et il avait même fait pression sur sa femme pour qu'elle accepte en gage d'amour et surtout de soumission.

La victime identifiée et lieu de l'attaque arrêté, Cécilia a choisi un jour où elle était présente à La Bergerie du Seigneur. Il lui fallait parfaitement conditionner Juliette avec l'aide de son mari afin qu'elle ne se dérobe pas au dernier moment. Alors qu'elle devait conduire Cécilia à Angers avec sa voiture, il lui a été impossible de la faire démarrer en raison d'un problème de batterie. Ne voulant pas reporter le coup de main et Cécilia devant rentrer à Angers, Roger Courtois a été appelé par téléphone pour assurer le transport. Il lui a effectivement été demandé de les prendre, à une heure précise, au bout du chemin passant par la chapelle, au motif qu'elles allaient y prier après avoir fait un peu de jogging dans le secteur.

Pour ce qui concerne les tracts destinés à provoquer une hexakosioihexekontahexaphobie parmi la population, les enquêteurs ont pu déterminer qu'ils avaient été imprimés et disséminés par Cécilia et Leilah.

Cécilia Chardonnet était bien l'auteure principale des meurtres commis par idéologie islamique, mais aussi pour venger la mort de son mari. Elle a bénéficié de la complicité de Leilah Mansouri et de Juliette Laxard. Sa mort violente lors de l'intervention dans l'appartement parisien de Ayad Bensaïd a éteint toute poursuite judiciaire à son encontre.

Mais il est clair que ces femmes ont été instrumentalisées par des hommes intégristes et radicalisés, à savoir Seïf Abib, Benoît Joubert et Ayad Bensaïd qui était le véritable cerveau.

*
**

Le soir même des évènements qui se sont déroulés dans le quartier de la Goutte d'Or à Paris, le ministre de l'Intérieur a fait une intervention au JT de 20 heures.

Le lendemain, Marina Krapsy a téléphoné à Florence Bertholet pour lui faire part de ce qu'elle avait appris par le canal ministériel.

« Florence, tu as entendu parler de ce qui s'est passé à Paris ?

— Oui, au journal télévisé. Il a été question d'une jeune femme aux cheveux roux originaire de Nantes qui a été abattue après avoir blessé un policier venu perquisitionner l'appartement d'un Marocain. Fichée S, son nom n'a pas été mentionné, mais j'ai compris, rien que par la couleur de ses cheveux, qu'il s'agissait de la femme avec laquelle nous avons déjeuné chez Benoît Joubert.

— Effectivement. Elle s'appelle Cécilia Chardonnet. Elle est originaire de Nantes. Radicalisée, elle a suivi son mari marocain en Syrie où il a été tué. Revenue en France, elle a retrouvé Juliette Laxard qu'elle connaissait et elle s'est associée à la communauté du gourou de La Garenne-sur-Loire. Elle apparaît comme la principale exécutante des meurtres et de la tentative d'assassinat à Angers.

— Lorsque je l'ai vue au domaine de La Bergerie du Seigneur, elle m'est apparue étrange, mais de là à imaginer qu'elle puisse avoir commis des crimes aussi horribles, ça dépasse l'entendement.

— Je suis de ton avis, mais cette femme a été manipulée par des hommes pervers à l'idéologie mortifère. Il y a d'abord eu son mari, puis cet autre Marocain qui l'a hébergée à Paris. L'ex-abbé Joubert a semble-t-il aussi joué un rôle dans son endoctrinement ou tout du moins ils se sont mutuellement bourrés le crâne. Le Marocain parisien était, semble-t-il, en train de constituer un réseau de femmes dans la perspective du Grand soir. Les évènements tragiques d'Angers en étaient les prémices. Cela fait froid dans le dos.

— Effectivement.

— Il y a un détail qui m'a fait penser à ce que tu m'as raconté de ta visite à La Bergerie du Seigneur.

— De quoi veux-tu parler ? ?

— Du poignard utilisé pour tuer dans les conditions que l'on sait Mademoiselle Imbert et Marthe Moreau, mais aussi pour la tentative sur l'ancien parachutiste.

— À quel détail fais-tu allusion ?

— Ce couteau aurait servi à égorger un mouton pour initier Juliette, la femme du gourou. Et…

— Ah non ! Arrête ! Tu n'aurais pas dû me dire ça. Tu imagines, j'aurais mangé du mouton tué avec le couteau qui a servi à assassiner mes deux malheureuses amies ?

— C'est bien probable. Oublions cela.

— Marina, ça va être difficile. Comme nous l'avons déjà évoqué ensemble, nous vivons dans un monde complètement fou. Je ne sais pas à quoi cela va nous mener, mais les prophéties apocalyptiques de l'abbé Joubert pourraient bien être en passe de se réaliser ».

Après cette conversation téléphonique avec son amie Marina, Florence s'est confiée à son mari.

« Olivier, tu sais que le mouton que le gourou de la Garenne-sur-Loire nous a servi lorsque nous sommes allés le voir a probablement été sacrifié avec le même couteau utilisé pour tuer Mademoiselle Imbert et Marthe Moreau ? C'est affreux. Plus jamais je ne pourrai manger de mouton.

— Je te comprends, mais il ne faut pas que tu en fasses une fixation. Et puis, nous n'en consommons pas souvent, nous allons pouvoir nous en passer.

— À ton avis, le procès aura lieu bientôt ? Comme au procès de Charles Manson, les détails qui vont être divulgués à cette occasion risquent d'être insoutenables.

— Le procès d'assises n'aura sans doute pas lieu avant deux ans.

— J'espère que les véritables coupables seront enfermés à vie. J'ai une pensée pour la malheureuse Juliette qui a détruit sa vie pour un pervers.

— Il est probable qu'Ayad Bensaïd écopera de la peine la plus lourde, probablement 30 ans de réclusion criminelle. Pour Benoît Joubert, elle pourrait être de 20 ans. Quant à Leilah Mansouri qui a participé directement au meurtre d'Armand Girard, ce sera au moins 10 ans. Juliette Laxard qui n'a été que complice pour le meurtre de Mademoiselle Imbert en fournissant la combinaison du coffre à clés et qui a blessé Jean-Louis Marchand devait s'en tirer avec environ 8 ans.

— Je croirais entendre l'énoncé du verdict. Donc, pour toi, Ayad Bensaïd, Benoît Joubert et Leilah Mansouri retrouveront un jour la liberté ?

— Oui, ils sont assez jeunes. Ils pourront sans doute même bénéficier de remises de peine.

— Comment pouvons-nous être sûrs que ces gens à l'esprit détraqué par des idéologies religieuses ne récidiveront pas.

— Effectivement. La Justice ordonnera probablement un suivi psychiatrique et peut-être des séances de déradicalisation, mais rien ne permet de penser qu'ils ne seront plus un danger pour la société.

— Tu as raison. Comme je le disais à Marina : dans quel monde vivons-nous, quel héritage laissons-nous à nos enfants et petits-enfants ?

— Florence, ce n'est pas à toi l'historienne que je vais apprendre que la barbarie humaine remonte à la nuit des temps.

— Oui, mais l'on est en droit d'espérer que la culture finira par vaincre l'obscurantisme et la sauvagerie. Jean-Jacques Rousseau n'a-t-il pas écrit : « La culture peut apparaître comme un processus d'humanisation qui nous éloigne de la bête stupide et bornée ».

— Ça, c'est une vraie utopie. Depuis le Siècle des lumières crois-tu que la culture a évité l'ensauvagement du monde ? La tenture de l'Apocalypse exposée au château d'Angers est une œuvre culturelle exceptionnelle et pourtant ce qu'elle évoque a inspiré les pires atrocités.

— Olivier, tu as raison, la tenture du château d'Angers met en lumière la Bête décrite dans l'Apocalypse de Jean. Pour moi, il s'agit d'une métaphore qui illustre en fait la monstruosité qui est à l'état latent en chacun de nous.

— La culture et l'intelligence ne peuvent éviter le réveil du démon qui est en nous, parfois même au contraire. Ceux qui ont commis l'abominable attentat contre les tours du World Trade Center à New York étaient cultivés et intelligents, c'est justement ce qui leur a permis de perpétrer cet acte criminel inimaginable. Là est la perversité de l'esprit humain. Et ce n'est certainement pas ce qui fait de nous des êtres supérieurs à l'animal.

— Faut-il être fataliste ?

— Non, pas vraiment. Il faut se protéger. Les forces de police et de sécurité sont là pour ça. Dans les affaires criminelles que nous venons de vivre, elles sont parvenues à identifier les coupables et à les neutraliser.

— Oui, jusqu'à la prochaine exaction. Olivier, je crois malheureusement que la barbarie n'est pas prête d'être éradiquée. La religion qui prône pourtant l'amour et la paix n'y fera rien. Comme toutes les idéologies, elle est détournée par des individus malfaisants pour opprimer et asservir le petit peuple. Ce n'est pas par hasard si l'idéologie communiste de l'Union Soviétique a d'emblée banni la religion orthodoxe qui apparaissait comme concurrente. Staline, en particulier, l'a purement et simplement interdite en faisant détruire les lieux de cultes. Aujourd'hui, si la liturgie est de nouveau autorisée en Russie, c'est au prix d'une dépendance, pour ne pas dire d'une allégeance, de l'Église orthodoxe à l'État russe.

— Florence, nous ne referons pas le monde. L'Histoire n'est qu'un perpétuel recommencement, comme tu aimes à le répéter ».

LA GESTE

www.gesteditions.com

Par ce logo, nous témoignons d'une volonté de réduire les impacts environnementaux liés aux activités de l'imprimerie.
Nous choisissons un imprimeur impliqué dans la réduction des gaz à effet de serre. Le choix de nos papiers assure que la production a été faite à partir d'un produit à base de bois et a suivi le cahier des charges d'une gestion durable des forêts européennes.
Achevé d'imprimer chez CPI Firmin Didot (2083123)
en France en mars 2025 pour le titre « Meurtres au château d'Angers, apocalypse now ».

Mise en pages : Alice Rousseau – Alice au pays des livres

Dépôt légal : 1er semestre 2025

11, rue Norman-Borlaug
79260 La Crèche
05 49 05 37 22
contact@gesteditions.com